PRISONNIÈRE DU PASSÉ

Biographie

Lynn Beach est née à El Paso, au Texas, mais a grandi dans l'Arizona. Elle a fait des études de russe à l'université. Puis, dans les années 70, elle est venue s'installer à New York, où elle a commencé à écrire des scénarios pour feuilletons. Plus tard, elle a publié des articles dans les magazines de l'éditeur américain Scholastic. Auteur connu et reconnu aux États-Unis, elle a publié de nombreux livres pour les adultes et les enfants.

ILLUSTRATION DE COUVERTURE
JEAN-MICHEL NICOLLET

VALLÉE FANTÔME

PRISONNIÈRE DU PASSÉ

LYNN BEACH

TRADUIT DE L'AMÉRICAIN
PAR YANNICK SURCOUF

Deuxième édition

PASSION DE LIRE
BAYARD POCHE

Titre original
Stranger in the Mirror

Loi n° 49 956 sur les publications destinées à la jeunesse
Dépôt légal janvier 1997

ISBN : 2 227 72918 X

En guise d'apéritif...

Marine regardait sa sœur et la jeune fille, qui s'approchaient toutes les deux de la surface du miroir.
L'inconnue fit signe de la main l'invitant à venir plus près encore, et Carine s'exécuta.
Soudain, la jeune fille rousse bondit en avant et ses mains jaillirent de la surface de verre.
– Non ! s'écria Carine, comme les mains l'empoignaient aux épaules.
Marine se précipita au secours de sa sœur. Trop tard ! Horrifiée, elle vit la fille aux cheveux rouges qui tirait Carine dans son monde. L'instant d'après, sa sœur avait disparu, happée par la surface brillante du miroir...

PROLOGUE

Floc ! Une pelletée de terre meuble tomba avec un bruit mat dans la fosse.
Floc, floc ! Une nouvelle pelletée, puis une autre encore. Le trou se remplissait d'une terre odorante qui recouvrait peu à peu la forme allongée au fond. Bientôt, la tombe ressemblerait aux deux autres, hauts monticules surmontés d'une croix de bois.
Floc !
La fosse était enfin comblée. Sa besogne achevée, la jeune fille laissa tomber sa pelle et déposa une fleur sur le lit de terreau.
– Adieu, petite sœur. Je t'avais prévenue. Il ne fallait pas essayer de me quitter. Mais tu étais comme les autres. Tu as voulu partir, toi aussi. À présent, tu resteras ici, pour toujours.

1

– Je ne saurai jamais vous distinguer l'une de l'autre, dit Tante Louise en contemplant ses nièces d'un air attendri.

Marine et Carine James échangèrent un regard complice et rirent de bon cœur.

– Tout le monde dit ça, fit remarquer Carine.

– Le principal est que nous sachions qui nous sommes, ajouta Marine en faisant un clin d'œil à sa sœur.

Elle vida les dernières gouttes de son soda et examina la décoration de la salle. Les jumelles et leur tante étaient assises autour d'une petite table ronde, chez un glacier de la galerie marchande de Silverbell. L'établissement était conçu comme un vieux saloon, avec une porte à deux battants à l'entrée. Des lassos et des cornes de buffle ornaient les murs de bois ciré, et le sol était recouvert de sciure.

– En fait, nous sommes très différentes, affirma Carine tout en jouant avec la paille de son verre. Par

exemple, Marine est plus vieille d'une minute, mais je suis plus grande qu'elle.
– De deux centimètres seulement, protesta sa sœur. Et tu as de meilleures notes que moi.
– Je travaille davantage, répondit Carine. Le collège de Chilleen est plus dur que notre ancienne école.
– Nous nous y plaisons quand même, ajouta Marine.
– Vos professeurs et vos camarades n'ont pas trop de mal à vous distinguer l'une de l'autre ? demanda Tante Louise.
– Ce n'est pas trop difficile pour ceux qui nous connaissent bien, affirma Carine. Mais nous aimons jouer des tours aux professeurs. On a failli se faire attraper une ou deux fois...
Les jumelles partirent d'un nouvel éclat de rire. Marine était la plus espiègle des deux. Elle rassemblait toujours ses longues mèches blondes en une queue-de-cheval qui tressautait à ses moindres mouvements. Carine préférait garder ses cheveux libres, mais, ce détail mis à part, elles étaient totalement identiques.
– J'espère que vous n'abusez pas de votre ressemblance, dit Tante Louise en les menaçant du doigt.
– Nous faisons attention, la rassura Marine. Nous ne sommes pas coiffées pareil, et le plus souvent nous portons des vêtements différents.
– Je suis heureuse de l'entendre ! J'espère que j'apprendrai moi aussi à vous reconnaître, à présent que je vis ici.
– J'en suis persuadée, affirma Carine avec son

sérieux habituel. Et je suis sûre que tu adoreras la région.

– Je m'y plais déjà, répondit Tante Louise. Tout est si beau ! J'ai toujours voulu vivre dans l'Ouest.

La tante des jumelles venait d'obtenir un poste d'archiviste à la Société d'histoire du comté de Silverbell.

– Cette ville a conservé tout le charme de son passé, poursuivit-elle. Les choses n'ont guère changé depuis l'arrivée des premiers colons, il y a cent cinquante ans.

– Beaucoup d'histoires étranges circulent à propos de la Vallée fantôme, dit Marine. Certains prétendent que les esprits des Indiens et des pionniers rôdent encore dans la région.

– Vraiment ? s'étonna Tante Louise.

– Il y a un village en ruine que l'on dit hanté, poursuivit Carine. Bien sûr, ce n'est qu'une légende, mais il se passe des choses bizarres dans la vallée. Les animaux ont de drôles de comportements. Le chien d'un de nos amis s'est trouvé possédé par les mauvais esprits.

– Ah bon ? reprit Tante Louise, incrédule.

– Je t'assure, dit Marine. C'était très inquiétant.

– On se croirait dans un film d'horreur, plaisanta Tante Louise. Je commence à regretter d'être venue.

Les jumelles s'esclaffèrent, ravies de l'effet de leur histoire.

– Il y a plein de choses à voir par ici, expliqua Marine. Dimanche, nous t'emmènerons visiter

le vieux village indien creusé à flanc de colline.
– Voilà un excellent programme, se réjouit leur tante. Mais comment allons-nous occuper cet après-midi ?
– Il y a une foire à la brocante sur la grand-place, ça pourrait être amusant, suggéra Marine.
– Merveilleux ! s'exclama Tante Louise. Je n'ai pas encore fini de décorer mon appartement.
Les jumelles et leur tante descendirent la rue principale vers la grand-place où les camelots avaient déployé leurs étals. Un fumet de grillades flottait dans l'air, les gens marchandaient et plaisantaient bruyamment. Toute la Vallée fantôme semblait s'être donné rendez-vous à la braderie. Tante Louise s'arrêta pour admirer des poteries et des vanneries indiennes.
Puis, elles continuèrent leur tour de marché, flânant entre les étals. À l'extrémité de la place, une grosse dame aux cheveux gris se balançait doucement dans un fauteuil à bascule, entourée de vieux meubles patinés par le temps. Comme Tante Louise ralentissait le pas, la marchande l'interpella aussitôt.
– Tout est authentique, lança-t-elle d'une voix forte. La plupart de ces meubles appartenaient aux plus vieilles familles de la Vallée fantôme.
– Ils sont vraiment très beaux, admit Tante Louise, mais je n'en aurais guère l'usage. À part peut-être... Votre fauteuil est-il aussi à vendre ?
– Celui-ci ? glousa la grosse dame. Je me lève, et il est à vous !
La brocanteuse s'éloigna de quelques pas pour per-

mettre à Tante Louise de mieux examiner la marchandise. Pendant ce temps, Carine et Marine flânaient parmi les meubles. Certaines pièces avaient plus de cent ans, mais elles étaient toutes parfaitement entretenues.

– Marine, regarde ça !

Carine se tenait devant un grand miroir en pied. Des figures géométriques ornaient le sommet du cadre de chêne. Le motif gravé commençait à gauche du miroir par un cercle noir, suivi par une série de croissants de plus en plus minces. La progression se terminait à droite par un autre cercle, identique au premier, mais plus pâle.

– Il est magnifique ! s'exclama Marine, enthousiaste.

– Superbe miroir ! approuva sa sœur. Mais que veulent dire ces dessins ?

– Cela s'appelle une psyché, intervint la marchande. Les motifs représentent les différentes phases de la lune. À ce que je sais, un astronome amateur l'aurait fabriquée dans les années 1830.

– Incroyable ! s'étonna Carine. Elle a plus de cent soixante ans !

– Le miroir est tout taché, c'est dommage ! intervint Carine.

– Ce sont des marques de vieillesse, répondit la marchande. Mais si vous le faites réargenter, il sera comme neuf.

– S'il était à moi, je le laisserais ainsi, dit Carine. Cela donne des reflets mystérieux. J'aime bien.

– C'est vraiment une très belle pièce, remarqua Tante Louise qui les avait rejointes. J'ai remarqué que vous n'aviez pas de miroir dans votre chambre au pensionnat. Ce pourrait être un beau cadeau de Noël... avec un peu d'avance.

– Tante Louise, tu es géniale ! s'exclama Marine.

– Tu es la meilleure ! ajouta Carine.

Les jumelles sautèrent au cou de leur tante en criant de joie.

La psyché fut livrée le lendemain après la classe. Quand Marine revint de son cours d'histoire, elle trouva Carine qui astiquait soigneusement le cadre de chêne avec un vieux chiffon.

– Qu'est-ce qu'il est beau ! s'émerveilla Carine. Personne n'a un tel miroir au collège. Et il va si bien dans la chambre.

– C'est vrai, approuva sa sœur. On pourrait croire qu'il a toujours été ici.

La chambre des filles se trouvait sous les toits, dans l'aile des bâtiments datant du XIXe siècle. C'était une pièce pleine de charme, avec des poutres apparentes et des petites lucarnes.

– Il était peut-être dans une chambre comme la nôtre, dit Carine.

– Je me demande comment les gens vivaient à cette époque.

– J'ai lu un livre sur les pionniers, reprit Carine. Ils menaient une existence très dure. Ils devaient tout fabriquer eux-mêmes, leurs maisons, leurs vêtements, leurs meubles... Ils faisaient cuire leur pain.

– Je suis contente d'avoir échappé à ça, affirma Marine. J'ai déjà bien assez de mal à faire mes devoirs !

Elle s'apprêtait à questionner sa sœur sur la vie des premiers immigrants quand on frappa à leur porte. Sans même attendre de réponse, Angela Connors pénétra dans la chambre des jumelles. Elle portait son éternel blue-jean et un ample T-shirt censé dissimuler ses formes grassouillettes. Un tortillon doré maintenait ses épais cheveux noirs et courts au sommet de son crâne en une sorte de balayette un peu ridicule.

– Bonjour les filles ! Carine, tu es prête ? demanda-t-elle. Nous allons être en retard pour le match de volley.

– Une minute. Regarde ce qu'on nous a livré ! C'est une psyché, un cadeau de Tante Louise.

– Wouah, elle est superbe ! approuva Angela. Où l'a-t-elle trouvée ?

– À la brocante de Silverbell, répondit Carine. Elle appartenait à une des premières familles de la vallée.

– Ah bon ? Laquelle ? demanda Angela. Pourquoi l'ont-ils vendue ?

Marine leva les yeux au ciel, excédée. Angela était la plus grande pipelette de tout le collège. Elle était toujours à l'affût du moindre racontar. Marine se demanda pour la millième fois ce que sa sœur pouvait bien trouver à une telle fouineuse.

– Pour l'amour du ciel, Angela, protesta Carine en riant. On se fiche de savoir pourquoi ils l'ont ven-

due ! Elle est à nous maintenant, c'est le principal.
– Tu as sans doute raison, dit Angela, visiblement déçue. Bon, tu es prête ? Tout le monde nous attend !
– On y va. Tu nous accompagnes, Marine ?
Marine fronça les sourcils :
– Je ne sais pas. Il faudrait que je révise mon histoire.
Mais elle imaginait avec envie la pelouse verte de l'école et toutes ses amies s'ébattant joyeusement.
– Quoique... Je peux bien m'accorder une petite heure de récréation.
– Super ! approuva sa jumelle. Je t'aiderai ce soir pour tes révisions.

Quand arriva le jeudi, Marine n'avait pas encore trouvé le temps de revoir son interrogation d'histoire pour le vendredi après-midi. Chaque fois qu'elle voulait s'y mettre, un événement venait la distraire : lundi, c'était la partie de volley-ball, mardi, une cassette vidéo que tout le monde avait regardée au foyer. Mercredi, enfin, elle avait consacré sa soirée à un devoir de maths en retard.
– Ça ne va pas, avoua-t-elle à sa sœur après le dîner. L'interro est pour demain et je n'ai même pas commencé à réviser !
– Tu sais ce que Mme Danita t'a dit sur les cours de rattrapage, répondit Carine sévèrement.
Marine ne le savait que trop. Son bulletin trimestriel était si mauvais que Mme Danita, la directrice, l'avait convoquée dans son bureau. Si ses notes ne s'amélioraient pas, Marine devrait renoncer à toutes

les activités extrascolaires et serait consignée en étude pendant les week-ends pour suivre les cours de rattrapage.
– Allez, ne t'inquiète pas, dit Carine. Je vais t'aider.
De retour dans leur chambre, les jumelles allèrent s'asseoir sur le lit de Carine. Celle-ci lisait à haute voix les passages importants du programme avant d'interroger sa sœur. Plusieurs fois déjà, cette méthode avait porté ses fruits, mais ce soir-là, pour une raison inconnue, Marine ne parvenait pas à se concentrer. Une brise tiède soulevait les voilages de la fenêtre et les rayons de lune illuminaient le parquet de la chambre.
– ... Et après l'invention de l'imprimerie par Gutenberg, il devint possible d'éditer... Marine, tu m'écoutes ?
– J'essaie ! Tu as vu comme la lune est belle ce soir ?
– C'est vrai, admit Carine. Et elle n'est pas encore pleine.
– J'aime l'Ouest pour cela. L'air y est si pur. À la maison, on ne voyait jamais les étoiles.
Marine bondit hors du lit et ouvrit les rideaux en grand. Au loin, elle pouvait apercevoir le sommet du Grand Pic qui surplombait la forêt de pins entourant l'école.
– Oh, mon Dieu ! s'exclama soudain Carine.
– Que se passe-t-il ?
– Regarde dans le miroir !
Marine se tourna vers la psyché et entrevit comme un mouvement furtif.

– Qu’est-ce que c’était ? demanda-t-elle.
– Je n’en sais rien. On dirait que quelque chose a bougé dedans !
– Qu’est-ce que tu racontes ! À l’intérieur du miroir ?
Intriguées, les jumelles s’approchèrent lentement de la psyché et Marine se pencha sur la surface miroitante. Sa sœur avait raison : à la place de son propre reflet, Marine aperçut quelqu’un d’autre, une étrangère, une jeune fille vêtue comme dans l’ancien temps !

2

– Qu'est-ce que c'est ? s'écria Marine, le cœur battant.

– Mais je n'en sais rien ! répondit sa sœur.

Serrées l'une contre l'autre, les jumelles s'étaient prises par la main.

– C'est juste une image, affirma Marine pour se rassurer.

– Oui, mais pourquoi ? cria Carine.

– Ce n'est peut-être pas un vrai miroir, suggéra sa sœur. Il s'agit peut-être d'un hologramme. Tu sais, ces images en relief...

Elle avança une main tremblante vers la surface de verre.

– Fais attention ! lui lança Carine.

– Tout est normal, dit Marine en effleurant le miroir. Il doit bien y avoir une explication.

Les jumelles examinèrent la psyché sous tous les angles, à la recherche d'une réponse à ce qu'elles voyaient.

Les pâles rayons de lune baignaient la scène d'une lumière argentée. Fascinées, les deux sœurs ne pouvaient pas détacher les yeux de cet étrange spectacle. La jeune fille dans le miroir avait à peu près leur âge. Ses cheveux, d'un roux flamboyant, étaient séparés en deux longues nattes. Elle portait une robe bleue très stricte qui lui tombait aux pieds et un tablier de coton blanc. Sous leur regard étonné, elle se dirigea vers un récipient en bois et se mit à brasser quelque chose à l'intérieur.

– Qu'est-ce qu'elle fait ? demanda Marine.

– Je crois qu'elle fait du beurre, répondit sa sœur. Elle se sert d'une baratte, comme celle qu'on a vue au musée.

– Mais plus personne ne bat son beurre depuis au moins cent ans ! s'exclama Marine.

Les jumelles observaient la scène attentivement. Elles réalisèrent que tous les objets de cette pièce dataient de plus d'un siècle. Un poêle à bois se trouvait dans l'âtre derrière la jeune fille, et sur une longue table en chêne elles virent un rouleau à pâtisserie et une lampe à pétrole.

– On se croirait dans un film, murmura Carine. Un film sur la vie des pionniers.

– Tu penses que c'est ça ? Que nous regardons une sorte de film ?

Carine resta songeuse pendant un long moment.

– Non, c'est réel, répondit-elle enfin. Je crois que nous observons une vraie fille dans une vraie cuisine.

– C'est impossible ! protesta Marine. Comment pourrions-nous la voir ? Et où se trouverait-elle ?
– Je n'en sais rien. Mais je ne pense pas qu'elle soit dans un autre lieu. Elle est dans un autre temps.
Marine resta à court d'arguments pendant une bonne minute.
– Alors, ce miroir serait une sorte de fenêtre ouverte sur le passé ?
– Je ne vois pas d'autre réponse, dit Carine avec une légère moue. Peut-être que le miroir nous renvoie les images de ses anciens propriétaires.
– C'est vraiment trop bizarre ! Je me demande qui est cette fille... Eh ! Regarde !
Une vieille femme venait de pénétrer dans la cuisine. Un filet rassemblait ses cheveux gris en chignon sur la nuque. Elle portait une longue robe de drap noir. Son visage buriné avait les traits durs de quelqu'un qui n'a pas l'habitude de rire. Elle ouvrit la bouche, comme dans un film muet, et s'adressa à la jeune fille. Quand cette dernière se retourna, les jumelles s'aperçurent qu'elle était très jolie.
– J'aimerais bien entendre ce qu'elles racontent, dit Carine.
– Attends déjà de voir ce qu'elles vont faire !
La jeune fille sortit de leur champ de vision et réapparut un instant plus tard avec un bol qu'elle tendit à la vieille dame. Celle-ci observa le récipient en fronçant les sourcils et quitta la pièce. La jeune fille la regarda partir, un voile mélancolique au fond des yeux.

– Comme elle a l'air triste, reprit Carine. Tu crois qu'elle est seule ? Je me demande si elle a des frères et sœurs.
– J'ai l'impression de regarder la télé, murmura Marine. En mieux, puisque ça paraît plus vrai.
La brise nocturne s'engouffra par la fenêtre ouverte et Marine réprima un frisson. Au même instant, un nuage passa devant la lune, plongeant la chambre dans l'obscurité.
– Oh, non ! protesta Carine. L'image disparaît !
En effet, la scène s'estompait peu à peu sous leurs yeux. Quelques secondes plus tard, le miroir renvoyait à nouveau le reflet des jumelles.

Lorsque Marine ouvrit les yeux le lendemain matin, la première chose qu'elle vit fut la psyché en face de son lit. Aussitôt, les images de la jeune fille et de la vieille dame lui revinrent en mémoire.
Les jumelles avaient veillé tard pour tenter de comprendre l'étrange phénomène auquel elles avaient assisté, pour conclure finalement que les apparitions dans le miroir étaient en relation avec les forces magnétiques en présence dans la région. Les pigeons voyageurs se perdaient souvent au-dessus de la Vallée fantôme, et certains pilotes d'avion affirmaient que leur compas s'affolait quand ils survolaient ce secteur.
– Tu crois que ce que nous avons vu s'est réellement passé un jour ? avait demandé Marine juste avant de s'endormir.

– J'en suis sûre. Cette fille était trop réelle. J'ai vraiment l'impression de la connaître...

Marine s'étira dans son lit et se leva en bâillant. C'est alors qu'elle se rappela son contrôle d'histoire. Dans l'excitation de la nuit précédente, elle avait totalement oublié de réviser. Cette fois, elle n'allait pas échapper aux cours de rattrapage...
Il n'y avait plus qu'une seule solution : Carine devait passer le contrôle à sa place.
– Il n'en est pas question ! s'exclama-t-elle dès que Marine le lui proposa.
– Allons, Carine, supplia celle-ci. Ce n'est pas de ma faute si je n'ai pas travaillé hier soir.
– Tu avais toute la semaine !
– J'ai fait de mon mieux ! Mais je ne suis pas aussi forte que toi. Ce n'est pas moi qui appartiens au cercle d'études historiques ! Tu n'auras aucun problème.
– Nous allons avoir de gros ennuis si nous nous faisons prendre, prévint Carine.
– Si je rate ce contrôle, je suis bonne pour le rattrapage, répliqua Marine. Et puis, tu ne cours aucun risque. M. Taylor est incapable de nous reconnaître, il n'est même pas ton professeur.
Carine hésitait encore, mais Marine savait qu'elle avait emporté la partie. Si Marine entrait en classe de rattrapage, les jumelles n'auraient plus aucun loisir ensemble. Finis le volley-ball et les parties de patins à roulettes, terminées les promenades du dimanche.

– Si j'accepte, dit Carine de mauvaise grâce, tu me promets de travailler dur le prochain trimestre ?
– Juré ! Surtout si tu m'aides.
– C'est d'accord. Ton cours d'histoire est bien en dernière heure ? Moi, je suis en dessin. Nous devons vernir les poteries de la semaine dernière. Tu devrais y arriver sans problèmes.
– Super ! s'exclama Marine. Tu me sauves la vie. Je te revaudrai ça, c'est promis.
Les jumelles choisirent une tenue identique : leurs survêtements roses. Pour échanger leurs rôles, elles n'auraient plus qu'à s'éclipser au dernier moment dans les toilettes du foyer et modifier leur coiffure. Ce n'était pas la première fois qu'elles se livraient à ce petit jeu, mais, jusqu'alors, elles ne l'avaient jamais fait pour une interrogation écrite. Marine ne pouvait s'empêcher d'éprouver quelques remords. « Ce n'est pas très important, se dit-elle pour se persuader. Je rattraperai mon retard au trimestre prochain. »
Lorsque la dernière heure de cours arriva, Marine avait presque oublié leur stratagème. Les professeurs les accablaient de devoirs écrits avant les examens qui devaient avoir lieu quinze jours plus tard.
Elle s'apprêtait à se rendre à son cours quand elle se souvint brusquement que Carine avait pris sa place. Submergée à nouveau par une angoisse coupable, elle se faufila dans le foyer à l'instant même où la cloche retentit. « Carine ne va pas aimer cela, pensa-t-elle. Elle n'est jamais en retard. » Marine venait à

peine d'ôter l'élastique de sa queue-de-cheval, quand la porte s'ouvrit. Aussitôt, elle se glissa dans les toilettes, retenant son souffle. Trépignant d'impatience, elle attendit que les deux professeurs qui venaient d'entrer quittent enfin la pièce. Pas de chance, elles avaient toutes deux terminé leur journée et discutaient tranquillement d'une conférence sur l'éducation qui devait être donnée le samedi suivant.
« Allez ! Dépêchez-vous ! grognait Marine en son for intérieur. Tout le monde se fiche de votre conférence. » Son cœur battait à tout rompre.
Quand elles daignèrent enfin s'en aller, les cours étaient commencés depuis un quart d'heure. Marine lissa rapidement ses cheveux pour qu'ils ressemblent à ceux de sa jumelle. Elle inspira profondément avant de se précipiter vers la salle de dessin.
Le claquement de ses talons résonnait dans les couloirs déserts. Elle allait atteindre son but quand elle s'arrêta, pétrifiée. À quelques mètres devant elle, M. Taylor, son professeur d'histoire, s'entretenait avec un collègue ! Ne sachant plus que faire, elle allait rebrousser chemin quand son professeur la remarqua.
– Marine ! lança-t-il.

3

Tétanisée, Marine leva les yeux vers M. Taylor. Comment lui expliquer pourquoi sa sœur se trouvait en ce moment même dans sa classe pour le contrôle ? Marine crut qu'elle allait s'évanouir.
M. Taylor avança d'un pas.
– Oh, excuse-moi, Carine, dit-il. Pendant un instant, je t'ai prise pour ta sœur. Il faut dire que vous vous ressemblez tellement !
Incapable d'émettre le moindre son, Marine regardait son professeur avec un sourire figé.
– Dis-moi, tu n'as pas classe, Carine ?
– Euh... Si... Dessin, balbutia-t-elle finalement. J'avais oublié quelque chose.
Le professeur la laissa partir. N'en croyant pas sa chance, Marine détala à toutes jambes. Une fois hors de vue, elle courut vers les dortoirs et s'enferma dans sa chambre.
Elle tremblait comme une feuille. De longues minutes s'écoulèrent avant qu'elle retrouve son

calme. Marine consulta le cadran de son réveil : le cours était commencé depuis une demi-heure. Elle ne pouvait plus s'y rendre. Carine n'arrivait jamais après la sonnerie. Si elle paraissait maintenant, le professeur lui demanderait la raison de ce retard. Et puis, elle était trop nerveuse pour quitter sa chambre. Combien de professeurs rôdaient encore dans les couloirs ? « Je vais y aller après le cours, pensa-t-elle. Je dirai au prof que Carine ne se sentait pas bien. » Les cours de dessin avaient lieu deux fois par semaine, le mardi et le vendredi. Ils regroupaient plusieurs classes et le professeur oubliait souvent de faire l'appel. Elle se détendit : tout se passerait bien...

Ce soir-là, après dîner, Marine contemplait d'un air désolé la montagne de livres et de cahiers qui encombrait son bureau.

– Il faut que je m'organise autrement, pensa-t-elle à voix haute.

– Il ne suffit pas de le dire, répliqua sa sœur. Au fait, tu ne me demandes pas comment s'est passé ton contrôle ?

– Si, bien sûr. Comment s'est passé mon contrôle ?

– C'était facile ! ricana Carine. Tu aurais pu réussir toi-même. Et le cours de dessin ?

Marine marqua un temps d'arrêt. Elle avait totalement oublié de prévenir le professeur. « J'irai lundi, pensa-t-elle. Inutile d'en parler à Carine, elle va se fâcher. »

– Aucun problème non plus, lâcha-t-elle d'un ton désinvolte.
– Bon, répondit Carine. C'est la dernière fois que je prends ta place, tu es prévenue. Alors tu ferais mieux de commencer à travailler.
– Ne t'inquiète pas, répondit Marine.
Pour la centième fois de la soirée, elle se tourna vers la psyché, mais le miroir restait obstinément vide. De mauvaise grâce, elle ouvrit son livre d'histoire.
– À partir de ce jour, cette chambre devient le sanctuaire de l'étude et du travail, dit-elle d'une voix solennelle.
– Heureuse de l'entendre, répliqua sa sœur.
Au bout de quelques instants, Marine referma son livre et se leva d'un bond.
– Où vas-tu ?
– J'ai complètement oublié que j'avais promis à Hélène de lui faire des tresses.
– Et tes de... ?
Carine ne put achever sa phrase. Marine avait déjà filé en claquant la porte. « On ne peut pas dire qu'elle prenne ses études au sérieux », pensa Carine. Ses notes étaient si mauvaises qu'elle risquait le renvoi, et alors, les jumelles seraient séparées pour la première fois de leur existence.

Le lundi suivant au soir, Jimmy Tolliver, un camarade de classe des jumelles, passa la tête dans l'embrasure de leur porte. Carine était seule.
– Salut, Carine ! Je te rapporte les cassettes que tu

m'avais prêtées la semaine dernière. Elles sont géniales.

– Je suis ravie qu'elles te plaisent, dit Carine.

– Je comptais te les rendre vendredi, mais comme je ne t'ai pas vue au cours de dessin, cela m'est sorti de la tête.

– Pardon ? demanda Carine, soudain glaciale. Je n'étais pas au cours...

– J'ai pensé que tu étais malade, continua Jimmy sans prêter attention à sa remarque. La grippe fait des ravages en ce moment.

– Non, non, tout va bien, dit Carine, l'air absent.

– Bon, je te laisse. Merci encore.

Après le départ du garçon, Carine resta un long moment les yeux dans le vide. Incroyable ! Après le mal qu'elle s'était donné pour Marine, celle-ci n'avait même pas pris la peine d'aller à son cours de dessin. Pire encore, elle ne lui avait rien dit.

Carine était si furieuse qu'elle tremblait de tous ses membres. Elle referma violemment son livre d'anglais à l'instant où Marine pénétrait dans la chambre, essoufflée d'avoir couru.

– Salut, sœurette, lança joyeusement Marine.

Elle s'interrompit en remarquant le visage blême de sa jumelle.

– Quelque chose ne va pas ? s'inquiéta Marine.

– Tu me demandes si quelque chose ne va pas ? Je risque d'être renvoyée en prenant ta place, et tu ne daignes même pas te présenter à mon cours de dessin !

– Oh-oh, grimaça Marine en regardant ailleurs.
– C'est tout ce que tu trouves à dire : oh-oh ? Tu aurais pu au moins m'avertir !
Carine se rendit compte qu'elle hurlait. Elle s'efforça de retrouver son calme.
– Je suppose que tu as une bonne raison à me fournir, reprit-elle d'une voix glaciale.
– Il était trop tard pour que j'y aille, gémit Marine. Je suis sincèrement désolée. Je voulais prévenir ton professeur, lui dire que tu étais malade, et j'ai oublié. J'irai demain. Je lui dirai que tout est de ma faute. C'est promis.
– Oh oui, ça va arranger bien des choses ! répliqua Carine, narquoise.
– Ça marchera, je t'assure, reprit Marine. Tout le monde a la grippe en ce moment. Je suis certaine que ton professeur me croira. J'en fais mon affaire.
– Pour ça, je te fais confiance, maugréa Carine. Tu adores les situations compliquées.
– Je me suis excusée, dit Marine. Et je te promets que... Oh !
Marine contemplait le miroir, les yeux écarquillés. Carine fit de même. À l'intérieur du cadre, la vieille femme et la fille étaient assises à la table. En dépit de la pâle clarté de la pleine lune, les couleurs étaient étonnamment vives, comme réelles.
– On dirait qu'elles sont dans la pièce, murmura Marine.
– C'est étrange, répondit Carine. Il semblerait que le phénomène se renforce à mesure que le temps passe.

En un instant, les jumelles avaient oublié leur dispute, fascinées par l'univers qu'elles découvraient à l'intérieur du miroir. Tandis que la vieille femme tricotait, la jeune fille écossait des fèves. Elle parlait tout en travaillant, l'air maussade. De temps à autre, la vieille femme hochait la tête. Au bout d'un moment, elle se leva et sortit de la pièce.

– Je me demande où elle est allée, dit Marine. À ton avis, comment est le reste de leur maison ?

– Il n'y a aucun moyen de le savoir. Si seulement nous pouvions leur parler ou...

Carine s'interrompit brusquement : au même instant, la jeune fille avait abandonné son ouvrage et tourné la tête dans leur direction.

– Tu as vu ? s'exclama Marine. Elle nous regarde !

– On dirait bien, oui, répondit Carine, émerveillée.

Elle quitta doucement son bureau et la jeune fille du miroir se leva en même temps. Leurs gestes étaient coordonnés, comme si chacune était le reflet de l'autre.

Captivée, Marine regardait sa sœur et la jeune fille qui s'approchaient toutes deux de la surface du miroir. Carine se déplaçait lentement, comme en transe. L'inconnue fit un signe de la main l'invitant à venir plus près encore, et Carine s'exécuta.

Soudain, la jeune fille rousse bondit en avant et ses mains jaillirent de la surface de verre. Marine poussa un hurlement.

– Non ! s'écria Carine, comme les mains l'empoignaient aux épaules.

Carine se débattait pour échapper à l'inconnue. Marine se précipita au secours de sa sœur. Trop tard ! Horrifiée, Marine vit la fille aux cheveux rouges qui tirait sa sœur et l'emportait dans son monde. L'instant d'après, Carine avait disparu, happée par la surface brillante du miroir.

4

MARINE

– Carine ! Non ! s'écria Marine, effrayée par cet événement incroyable.

Une seconde plus tôt, sa sœur se trouvait là, près du miroir, et à présent, elle avait disparu.

Marine plaqua ses mains sur le verre lisse et froid.

– Carine ! hurla-t-elle à nouveau.

Elle scrutait nerveusement la surface miroitante, cherchant une trace de sa jumelle et du décor qui s'y trouvait quelques instants plus tôt. Malheureusement, le reflet ne renvoyait que l'expression terrorisée de son propre visage. Elle empoigna le cadre de bois et le secoua avec violence tout en appelant sa sœur.

– C'est impossible ! cria-t-elle au bord des larmes.

Marine contourna le miroir et vérifia derrière. Pas le moindre signe de Carine. « Je dois rêver, pensa-t-elle. Je fais un horrible cauchemar, mais je vais me réveiller dans une minute. » Les idées les plus folles se bousculaient dans son esprit.

« C'est une blague, se dit-elle. Carine me joue un tour parce que je ne travaille pas assez. »
– Carine ? lança-t-elle d'une voix implorante. Reviens, je t'en supplie. J'apprendrai mes leçons, c'est promis !
Elle tomba à genoux pour regarder sous le lit de sa jumelle. Dans sa hâte, l'élastique qui maintenait ses cheveux se brisa et elle s'en débarrassa d'un geste brusque. Ce n'était pas le moment de se préoccuper de sa coiffure. Marine fouilla la chambre dans ses moindres recoins pendant de longues minutes avant de se rendre à l'évidence : Carine s'était volatilisée. Elle était passée dans le monde du miroir.
Ce qui venait de se produire était impossible, elle le savait. Et pourtant, c'était la réalité. Elle s'assit sur le lit de sa sœur et tenta de retrouver son calme. Elle s'efforça de respirer lentement et de rassembler ses idées. Peine perdue, elle n'arrivait pas à se concentrer. Ses mains tremblaient toutes seules et une boule lui oppressait la poitrine.
« Je dois trouver de l'aide, se dit-elle. Mme Danita ! Elle saura ce qu'il faut faire. »
Elle allait se lever quand on frappa vivement à la porte de sa chambre. Sans même attendre la réponse, Mme Danita entra dans la pièce, l'air sévère.
– Bonsoir, Carine, dit-elle d'une voix froide.
– Oh, Mme Danita, balbutia Marine en essayant de maîtriser le tremblement de sa voix. Je m'apprêtais à aller vous voir.
– Je suis heureuse de l'entendre. Je suppose que tu

venais me donner la raison de ton absence au cours de dessin de vendredi. Manquer la classe n'est pourtant pas dans tes habitudes.
Pendant un instant, Marine contempla la directrice sans comprendre ce qu'elle disait. Puis elle réalisa que Mme Danita évoquait les événements de vendredi dernier. Tout cela lui semblait si lointain !
– Je viens à peine de l'apprendre, Carine, reprit la directrice. J'étais partie toute la semaine.
Marine comprit brusquement que Mme Danita la confondait avec sa sœur, à cause de ses cheveux défaits.
– Tu connais le règlement, poursuivit Mme Danita, l'air grave. Je dois te consigner en étude pendant un mois pour avoir manqué ce cours. Mais comme tu es une bonne élève, j'ai voulu te laisser une chance de t'expliquer avant de te punir.
Maintenant qu'elle avait compris la situation, Marine devait absolument protéger sa sœur. Une seule solution lui vint à l'esprit.
– Je suis désolée, dit-elle. J'étais malade. J'ai eu des étourdissements un peu avant la dernière heure et je suis montée m'allonger dans ma chambre. Marine devait prévenir le professeur, mais elle a oublié.
– Oh, ma pauvre ! dit la directrice d'une voix compatissante.
Elle se pencha sur Marine pour l'examiner :
– Tes joues sont encore rouges. Es-tu sûre de ne plus avoir de fièvre ?
Marine saisit l'occasion qui se présentait.

– Je croyais aller mieux, répondit-elle d'une voix faible. J'ai suivi les cours aujourd'hui, mais cela empire. Je suppose que j'ai attrapé la grippe, comme tout le monde...
– Tu aurais dû t'assurer que le professeur de dessin avait bien été prévenu, dit Mme Danita. Mais, après tout, je ne peux pas te rendre responsable des oublis de ta sœur.
– Alors... je ne suis pas consignée ? demanda timidement Marine.
– Ton explication m'a convaincue. Mais si la situation venait à se reproduire, va à l'infirmerie ou bien passe me voir.
Marine acquiesça.
– Repose-toi à présent, dit la directrice. Et je veux que tu te fasses soigner demain matin.
– C'est promis, répondit Marine. Merci, Madame.
Dès que la directrice eut quitté la pièce, Marine se précipita à nouveau vers le miroir. Elle espérait y retrouver sa sœur, mais malheureusement, il ne renvoyait encore que son propre visage, rongé d'angoisse.
« Qu'est-ce que je vais faire maintenant ? » pensa-t-elle. Après avoir été prise pour sa sœur, elle ne pouvait plus se confier à la directrice. Si elle lui avouait tout maintenant, Mme Danita en conclurait sans doute que Carine avait aussi passé l'examen d'histoire à sa place.
Et puis, comment lui expliquer que Carine avait disparu dans un miroir ? Marine elle-même aurait

trouvé cela incroyable si elle n'avait, hélas, assisté à la scène.

« Je dois trouver un moyen de la faire revenir », décida-t-elle.

Mais de quelle manière ? Comment pouvait-on ressortir d'un miroir ? Elle s'assit sur le bord du lit et contempla la psyché, perdue dans ses pensées.

Si sa sœur avait pu disparaître, l'inverse devait être possible.

« Carine fera tout pour trouver le chemin du retour, pensa-t-elle avec conviction. Pendant ce temps, tout le monde doit croire qu'elle est encore au collège et qu'elle suit les cours. Je jouerai donc les deux rôles jusqu'à ce qu'elle ou moi trouvions le moyen de la sauver. »

Marine allait faire en sorte que personne ne découvre la supercherie.

5

CARINE

Comme on l'entraînait à l'intérieur du miroir, Carine sentit des picotements qui couraient tout le long de son corps. Puis elle eut un haut-le-cœur et faillit s'évanouir.
Elle reprit conscience l'instant d'après dans un endroit qui lui était tout à la fois étranger et familier. Elle se tenait sur un plancher de grosses lattes, devant une gigantesque cheminée aux parois maculées de suie. Elle vit une longue table recouverte d'une nappe à carreaux et, lui faisant face, une banquette de bois, d'aspect inconfortable. Une lampe à pétrole et quelques bougies diffusaient une faible lumière. Encore sous le choc, elle observait la pièce, abasourdie.
– Où... ? bredouilla-t-elle. Que... ?
En réponse, quelqu'un lui prit la main et la serra vivement.
– Tu es venue ! dit une voix douce. Je savais que tu viendrais !

Carine sentit qu'on la tirait par l'épaule et elle se retourna.
Elle se retrouva devant un miroir identique à celui de sa chambre. Il semblait plus récent, toutefois : la glace était neuve. À côté se trouvait la jeune fille qu'elle avait aperçue dans le miroir au collège.
Elle souriait aux anges, comme si son vœu le plus cher venait de se réaliser.
– J'ai tellement attendu cet instant ! dit-elle. Je savais que tu viendrais un jour.
Carine la regardait sans comprendre.
– Qui êtes-vous ? demanda-t-elle.
– Je m'appelle Philomène. Je vis ici... et toi aussi maintenant. Comment t'appelles-tu ?
– Carine... Carine James. Mais je ne vis pas ici. J'habite au collège Chilleen.
– Chilleen... Je connais ce nom, reprit la jeune fille. C'est une famille de la vallée, je crois. Ce sont des parents à toi ?
– Non, répondit Carine.
« Quel rêve étrange, pensa-t-elle. Et pourtant, tout a l'air si réel ! »
– Nous allons passer de bons moments ensemble, dit Philomène.
Sa voix était douce, mélodieuse, et elle paraissait plus jeune que son image dans le miroir.
– C'est vraiment un rêve bizarre ! s'exclama Carine comme pour elle-même.
– Un rêve ? reprit Philomène. Tu crois donc rêver ?
– Bien sûr ! Qu'est-ce que ça peut être d'autre ?

Alors, le visage de Philomène se modifia totalement. Une grimace hideuse déforma ses traits angéliques et, d'un geste brusque, elle avança la main pour pincer la joue de Carine, méchamment.
– Et ça ? C'est un rêve ? grogna-t-elle.
Carine bondit en arrière, stupéfaite. La douleur était bien réelle. Son cœur manqua s'arrêter de battre quand elle comprit enfin la situation. Elle avait bel et bien traversé le miroir. Horrifiée, elle dévisagea Philomène qui souriait à nouveau avec douceur.
– Je suis désolée, dit-elle, embarrassée. Je ne voulais pas te faire mal, mais il fallait que tu saches que ce monde existe vraiment.
– Non ! hurla Carine, submergée par une peur panique. Je dois repartir !
Elle se précipita sur le miroir, les mains en avant, mais le verre lisse formait un obstacle infranchissable et ne renvoyait que le reflet de sa propre silhouette qui s'agitait dans cette vieille cuisine.
– S'il te plaît, supplia-t-elle en se tournant vers Philomène. Dis-moi comment ça marche. Je dois rentrer chez moi !
La jeune fille semblait tout à la fois fâchée et inquiète :
– Je ne comprends pas ce que tu veux ! Comment un miroir pourrait-il marcher ?
– Mais je suis passée au travers, insista Carine. Tu m'as prise par les épaules et tu m'as attirée à toi, tu ne te souviens pas ?
Philomène parut totalement décontenancée.

– Non, cela ne s'est pas passé ainsi. Tu es là parce que je le voulais. Je désirais tant que tu viennes. Depuis que ma sœur est morte, je souhaite de tout mon cœur avoir une amie qui puisse la remplacer.
Elle s'approcha de Carine et la prit doucement par la main.
– Ne sois pas triste, chuchota-t-elle d'une voix apaisante. Tu seras heureuse ici, je te le promets. Viens t'asseoir, je vais te préparer une bonne tasse de thé.
Hébétée, Carine se laissa conduire jusqu'à la grande table. Tout dans cette pièce était récent, et pourtant, chaque objet datait du XIXe siècle. Il n'y avait aucun de ces accessoires rutilants qui équipent toutes les cuisines modernes : pas d'évier en Inox ni de réfrigérateur. En fait, il n'y avait pas le moindre confort. À l'endroit où aurait dû se trouver l'évier, il y avait un long récipient de métal juché sur une sellette. Fascinée par ce qu'elle voyait, Carine observa Philomène qui s'affairait près de l'âtre. La jeune fille plaça des herbes dans une tasse et versa dessus l'eau d'une grosse bouilloire qui sifflotait sur la cuisinière à bois.
– Bois, dit-elle. Tu te sentiras mieux après.
Carine prit une petite gorgée de thé. Il était fort et chargé d'épices. Presque aussitôt, elle fut un peu ragaillardie. « Pas de panique, se dit-elle. Tu dois rester calme et observer. Tâche de comprendre ce qui s'est passé. Il faut que tu trouves le moyen de retourner au collège. »
– Tu te sens mieux ? demanda Philomène en prenant place à côté de Carine.

– Oui, merci. Mais, dis-moi, Philomène, où suis-je ? Et... en quelle année sommes-nous ?
– Nous sommes à la Vallée fantôme, répondit la jeune fille. Les premiers immigrants se sont installés dans la région il y a douze ans. Mes parents étaient parmi eux. Et nous sommes en 1851.
Mille... huit cent cinquante et un ! Carine n'en croyait pas ses oreilles. Sans savoir comment, elle avait fait un bond en arrière de plus de cent quarante ans ! Son regard se posa sur l'étendue de pins derrière la fenêtre. Surplombant la cime des arbres, la crête du grand canyon barrait l'horizon, illuminée par les rayons de lune. Le paysage était identique à celui que l'on voyait depuis sa chambre.
« C'est incroyable, pensa-t-elle. Ce serait fascinant si je n'avais pas si peur. »
– Tu vis ici depuis longtemps ?
– Depuis toujours, répondit la jeune fille. Mes parents furent emportés par une fièvre quand j'étais enfant. Je vis avec ma grand-mère. C'est sa ferme et nous y travaillons.
– Sommes-nous loin de Silverbell ? poursuivit Carine qui cherchait à se situer.
– Oh, il faut compter une bonne journée en chariot. Nous y allons deux fois l'an, pour acheter quelques fournitures.
Réfléchissant à ce qu'elle venait d'apprendre, Carine resta songeuse. Quelle drôle d'existence menait cette jeune fille, isolée de tout !
– Et l'école ? poursuivit-elle. À quelle école vas-tu ?

Philomène partit d'un petit rire mélodieux.
– Pourquoi irais-je à l'école ? s'étonna-t-elle. Ma grand-mère m'a appris à lire et à écrire, que devrais-je savoir de plus ?
– Mais... où vivent tes amis ?
À ces mots, le regard de la jeune fille se chargea de larmes.
– Je n'en ai pas. Les fermes voisines sont tenues par des gens âgés sans enfants. Ma chère sœur était ma seule amie, ma meilleure amie. Mais depuis qu'elle est morte, je n'ai plus personne.
– Je suis désolée.
– À présent que tu es là, je ne serai plus jamais seule, affirma Philomène. Nous allons être ensemble tout le temps, tu seras comme une sœur.
Carine s'apprêtait à répliquer qu'elle ne pouvait rester, qu'elle repartirait dans son époque dès qu'elle saurait comment, mais elle se ravisa en se rappelant la réaction brutale de Philomène devant le miroir.
– Nous allons dîner tard ce soir, reprit la jeune fille. Veux-tu m'aider à apporter de l'eau ?
– Bien sûr !
– C'est dans la cour, dit Philomène en tendant un baquet à Carine. Nous avons de la chance, certaines personnes doivent parcourir plusieurs lieues pour avoir de l'eau.
La jeune fille prit la lampe à pétrole et guida Carine jusqu'à la pompe. Elle lui montra comment maintenir le seau en place tandis qu'elle actionnait le mécanisme.

Les filles revinrent à la ferme, portant deux lourds baquets et Philomène remplit une grande casserole qu'elle posa sur la cuisinière.

– Grand-mère est dans la porcherie. Elle aide la truie à avoir ses petits. J'espère qu'elle ne va pas trop tarder.

« Je l'espère aussi, pensa Carine. Elle pourra peut-être me dire comment fonctionne ce miroir, que je puisse enfin filer d'ici. »

Philomène versa un bol de fèves dans la casserole et désigna à Carine le meuble où se trouvaient les assiettes. Carine mettait la table pour trois quand la porte de la cuisine s'ouvrit en grinçant. Elle se tourna et aperçut la vieille femme qui se tenait sur le seuil. Elle paraissait épuisée.

– Ça va, dit-elle d'une voix lasse. Les petits vont bien.

Elle s'interrompit brusquement, le regard effrayé, et tituba en arrière.

Carine se précipita pour lui venir en aide, mais la vieille se mit à hurler, les yeux exorbités.

– Fille du diable ! Que fais-tu là ?

6

MARINE

Le matin suivant, Marine se réveilla avec la désagréable sensation d'avoir fait un mauvais rêve, sans pour autant savoir lequel. Puis elle se souvint qu'elle vivait un véritable cauchemar depuis la disparition de sa jumelle. Sans trop y croire, elle se tourna vers le lit de Carine, mais il n'était pas défait.

– Oh noon ! gémit-elle.

Bondissant hors du lit, elle se précipita vers le miroir : il ne lui renvoya que son reflet.

Comme la nuit précédente, elle se glissa derrière, et ne trouva toujours rien. Carine s'était envolée, et Marine allait devoir tout mettre en œuvre pour cacher cette disparition.

Elle allait tirer profit de l'épidémie de grippe qui sévissait au collège. Elle vérifia son emploi du temps et celui de sa sœur avant de sortir dans le couloir, où se trouvait l'interphone. En jetant des regards inquiets autour d'elle, Marine appuya sur la touche de l'infirmerie.

Quelques instants plus tard, Mme Albert lui répondait.
– Allô, c'est Carine James, dit-elle en prenant une voix éraillée. J'ai la gorge irritée et mal à la tête. Je ne pense pas pouvoir aller en classe aujourd'hui.
– La grippe a encore frappé, répondit l'infirmière avec fatalisme. En fait, tous les lits sont occupés. Descends me voir, je vais t'examiner.
Marine enfila rapidement un jean, emprunta un T-shirt vert dans l'armoire de sa sœur et lissa ses cheveux comme Carine. Elle s'observa attentivement dans le miroir tout en se barbouillant le visage de fard à joues afin de se donner une mine fiévreuse. Puis elle dévala les marches qui menaient à l'infirmerie en s'efforçant de prendre un air pitoyable.
Le dortoir de l'infirmerie était bondé et tous les élèves malades s'interpellaient ou appelaient le docteur dans un vacarme assourdissant. Marine entra dans le cabinet de Mme Albert. L'infirmière eut une légère moue en l'apercevant.
– Ma pauvre chérie, dit-elle. Tu ne me parais pas en grande forme.
Elle plaqua sa paume sur le front de Marine.
– Peu de fièvre apparemment...
Mme Albert examina la gorge de Marine tout en marmonnant pour elle-même, puis elle palpa son cou derrière les oreilles.
– Reste assise un instant, dit-elle en glissant un thermomètre dans la bouche de Marine. Je vais voir mes autres malades, et je suis à toi.
À peine l'infirmière avait-elle quitté la pièce que

Marine bondissait vers le lavabo. Elle plaça le thermomètre sous le robinet d'eau chaude. Quand le mercure atteint les 38 degrés, elle le remit en bouche et regagna vivement sa place. Derrière la porte vitrée, elle pouvait entendre les cris des autres élèves.
– Voyons voir ça, dit l'infirmière dès son retour.
À la lecture du thermomètre, elle leva un sourcil avec étonnement.
– Mais oui, tu as de la fièvre ! Comme quoi, il ne faut pas se fier à une joue froide.
Mme Albert regarda Marine, embarrassée.
– Que vais-je faire de toi, ma pauvre petite ? Je n'ai plus une place de libre.
– Ce n'est pas grave, s'empressa de l'assurer Marine, saisissant l'occasion au vol. Je peux rester seule dans ma chambre, cela ne me gêne pas.
– Tu es sûre ?
Marine hocha la tête avec conviction.
– Bien, alors affaire conclue, répondit l'infirmière. Je passerai te voir dans l'après-midi et je veillerai à ce qu'on t'apporte des plateaux-repas.
– Ce n'est pas la peine, affirma Marine. Ma sœur peut s'en charger.
– D'accord, dit Mme Albert en lui donnant deux cachets effervescents. Prends ça dans un peu d'eau et repose-toi. Je viendrai vers quatre heures.
Marine regagna rapidement son étage tout en louant sa bonne fortune. Elle n'aurait plus à jouer le rôle de sa sœur avant la fin de la journée, heure du passage de l'infirmière.

Elle s'apprêtait à changer de tenue quand on frappa à la porte de la chambre.

– Qui est là ? demanda-t-elle, le cœur battant.

– C'est nous ! lança une voix qu'elle n'aimait guère. Angela et Dorie. On vient chercher Carine pour le petit déjeuner !

Marine fit la grimace. Elle ne savait pas que Carine avait rendez-vous avec Angela.

– Une minute ! cria-t-elle.

Elle inspira profondément et glissa sa tête par la porte entrebâillée.

– Salut, dit-elle en s'efforçant de paraître enjouée. Carine est à l'infirmerie, elle ne se sentait pas bien.

Angela lui lança un regard en coin.

– Ce n'est pas grave. Tu viens déjeuner avec nous ?

Marine déclina leur invitation et se retrouva enfin seule. Elle changea rapidement de tenue et attacha ses cheveux. Au réfectoire, elle engloutit son petit déjeuner avant de courir à son premier cours.

En pénétrant dans sa classe elle crut que tout le monde l'observait.

« Ne sois pas ridicule, se dit-elle. Tu n'as rien à craindre. » Mais, elle avait le désagréable sentiment que les autres savaient.

Durant toute la matinée, Marine dut faire de violents efforts pour se concentrer sur ses cours. Ses pensées la renvoyaient sans cesse dans sa chambre, près du miroir, et elle ne pouvait oublier le regard terrorisé de sa sœur à l'instant où la fille l'avait entraînée dans son monde.

À la fin de chaque heure, elle se rendait dans la classe de Carine pour prendre les devoirs du lendemain. Les contrôles trimestriels allaient avoir lieu dans une semaine et les professeurs n'hésitaient pas à leur donner du travail. Marine devait prendre en charge les devoirs de sa sœur en plus des siens et redoubler d'attention. Comme Carine était plutôt bonne élève, les professeurs se douteraient vite de quelque chose si ses notes chutaient brusquement. Puis, une nouvelle question l'inquiéta. Comment faire si quelqu'un venait voir Carine en son absence ?

Quand arriva l'heure du déjeuner, Marine était épuisée. Elle prit un sandwich et une pomme au réfectoire avant de monter dans sa chambre. Son premier regard fut pour le miroir. Sans beaucoup d'espoir, elle s'approcha de la surface argentée.

– Où es-tu, Carine ? chuchota-t-elle.

Au cas où quelqu'un viendrait à l'improviste, elle défit sa queue-de-cheval, puis alla s'asseoir sur le lit de sa jumelle. Tout en mangeant son déjeuner, elle entama le devoir de maths que Carine devait rendre le lendemain. La classe de sa sœur était en avance sur le programme et les problèmes lui semblèrent plutôt ardus.

« Je ne vais pas pouvoir faire autre chose que des devoirs aujourd'hui », se dit-elle, résignée.

Après le déjeuner, Marine retourna à ses cours. En maths, M. Harper fit une interrogation écrite. Marine n'avait pas vraiment révisé, mais elle fut surprise de la facilité avec laquelle elle répondait aux questions. Sans doute était-ce à cause du travail qu'elle venait d'effectuer pour sa sœur. Toujours est-il qu'elle termina bien en avance sur les autres élèves et M. Harper eut un petit sourire étonné quand elle lui rendit sa copie.

Après la classe, Marine fila à toute allure dans sa chambre. Elle lissa ses cheveux et se glissa dans les draps à l'instant même où l'infirmière frappait à la porte.

– Alors, ma chérie, comment vas-tu ce soir ?

– J'ai toujours mal à la gorge, murmura-t-elle plaintivement.

Marine se demanda combien de temps encore elle pourrait jouer cette comédie.

– Fais : « Aah », dit l'infirmière en lui enfonçant une petite cuillère dans la bouche. Mais c'est que nous sommes sur la bonne voie ! Je ne serais pas surprise si tu allais beaucoup mieux demain.

– Peut-être, répondit Marine sans grande conviction. J'ai encore très mal à la tête.

– Nous verrons cela... En attendant, ne t'approche pas trop des autres élèves.

– Je vous le promets, dit Marine.

Mme Albert quitta la chambre. Hélas, Marine n'avait pas le temps de se prélasser. Elle enfila sa tenue de sport et courut vers le gymnase, pour son entraînement de volley-ball.

Les garçons et les filles de l'équipe la saluèrent quand elle prit sa place sur le terrain. Angela, qui se

trouvait dans les rangs adverses, la gratifia d'un large sourire.
– Alors, comment va Carine ? hurla-t-elle depuis son poste. La pauvre, elle a attrapé la grippe, s'empressa-t-elle d'annoncer à la ronde.
– Elle va mieux, grommela Marine tout en pestant intérieurement contre cette enquiquineuse.
– Tu lui diras que je passerai la voir ce soir, reprit Angela. Nous pourrions peut-être tous y aller ?
– Ce n'est pas une bonne idée, intervint Marine. Elle est encore trop faible pour avoir de la visite.
C'était à son tour de servir. Elle lança la balle et, pendant un instant, s'imagina que c'était la tête d'Angela. Elle frappa de toutes ses forces et marqua le point.
À neuf heures trente, ce soir-là, Marine était fourbue comme si elle avait vécu trois semaines en un jour. Elle ne se souvenait pas d'avoir autant travaillé de toute sa vie. À peine le dîner fini, elle était remontée dans sa chambre pour faire les devoirs. D'abord ceux de Carine, puis les siens. Pendant ce temps, elle pensait à ses camarades qui se prélassaient devant la télé du foyer.
« Comment Carine arrive-t-elle à s'en sortir ? » se demanda-t-elle.
Parfois, elle levait la tête de son travail pour observer le miroir, dans l'espoir de voir sa sœur apparaître. Enfin, alors qu'elle achevait la lecture de son propre programme d'histoire, elle entrevit un mouvement furtif dans les ombres de la glace. Aussitôt, elle

referma son livre. C'était le moment d'intervenir. Elle avait un plan pour sauver Carine. Se souvenant de quelle manière la fille avait bondi pour s'emparer de sa sœur, elle avait décidé d'agir de la même façon. Mais est-ce que ça marcherait ? Carine serait-elle au rendez-vous ?

7

CARINE

– Fille du démon ! hurla à nouveau la vieille femme. Elle s'empara soudain d'un couteau à découper qui traînait sur la table. Paniquée, Carine fit un pas en arrière, et la grand-mère la suivit en brandissant sa lame d'une main tremblante.
Philomène voulut s'interposer, mais la vieille femme l'arrêta d'un geste.
– D'où sors-tu ? Pourquoi viens-tu nous tourmenter ?
– Je n'ai pas demandé à venir ! s'écria Carine, hors d'elle. Je ne sais pas pourquoi je suis ici !
– Elle vient d'une contrée lointaine, s'empressa d'ajouter Philomène. Elle dormait dans la charrette de ses parents et elle est tombée par accident pendant qu'ils traversaient la Vallée fantôme.
– Est-ce la vérité ? demanda la grand-mère.
– Oui, répondit Carine, trop effrayée pour contredire Philomène.
– Alors que signifient ces vêtements ?

Carine jeta un coup d'œil à sa tenue et comprit l'émoi de la grand-mère. Avec son jean noir et son T-shirt rouge, elle devait ressembler dans cet environnement à une Martienne.
– C'est le costume de son pays natal, expliqua Philomène. Mais je vais lui prêter mon autre robe, et elle sera comme nous.
La vieille femme reposa son couteau d'un geste las.
– Excuse-moi, fillette, dit-elle. Notre ferme est isolée et nous devons redoubler de prudence. Et puis nous avons eu assez de problèmes avec les visites précédentes.
– Grand-mère veut parler de gens qui sont passés et qui nous ont causé bien du tracas, ajouta nerveusement Philomène.
Elle se tourna vivement vers la vieille femme, le regard implorant.
– Tout se passera bien, c'est promis, assura-t-elle.
– Quoi qu'il en soit, il vaudra mieux pour tout le monde que ses parents viennent la quérir au plus vite.
Le lendemain matin, la vieille femme, Mammy Johnson, réveilla les filles dès le lever du jour.
– Allez, debout ! C'est le jour des corvées.
Elle ouvrit les rideaux de la chambre et regarda Carine avec un sourire triste.
– J'espère que tu ne verras pas d'inconvénient à nous aider. Ce n'est pas le travail qui manque ici.
– Bien sûr, répondit Carine, sachant que, de toute manière, elle n'avait guère le choix.

– Bon, reprit la vieille dame. Ce matin, il faut tirer de l'eau pour la lessive. Après, vous allez laver les sols et faire un peu de raccommodage. Alors, il sera temps de nourrir les bêtes. Sauras-tu faire tout cela ?
– Je suppose, répondit Carine, abasourdie.
– Ne t'inquiète pas, intervint Philomène, on le fera ensemble.
Le vieille dame quitta la pièce d'un pas lent, les épaules voûtées.
– Ta grand-mère est gentille, mais un peu bourrue, dit Carine.
– Il ne faut pas trop écouter ce qu'elle raconte, expliqua la jeune fille. Elle n'a plus toute sa tête, et parfois elle confond ses rêves avec la réalité.
Carine ne put masquer sa déception. Elle aurait tant voulu l'interroger à propos du miroir !
– Allez, Carine, reprit Philomène d'un ton enjoué. Le travail nous attend.
Pendant les heures qui suivirent, Carine fut si occupée qu'elle n'eut guère le temps de penser au miroir ni à quoi que ce soit d'autre.
D'abord, elles tirèrent de l'eau. Ça, elle l'avait déjà fait, mais elle fut étonnée du nombre de baquets qu'il fallait pour la lessive de la semaine. Les deux filles emplirent une vaste cuve dans la véranda, à l'arrière de la ferme.
Tout en travaillant, Carine se disait que la vie des pionniers était vraiment harassante et si différente de l'existence qu'elle avait menée jusqu'alors. Ensuite, elles durent laver les sols.

Carine avait souvent aidé sa mère, mais là, au lieu d'un balai-éponge, les filles durent employer de vieux chiffons et une brosse à récurer. Il n'y avait pas non plus de cire liquide qui lave et fait briller en même temps. Carine devait tremper les chiffons dans un baquet d'eau et les frotter avec une barre de savon noir qui empestait et lui brûlait les mains.
La maison n'était pas bien grande, mais le nettoyage des sols les occupa pendant une bonne partie de la matinée. Quand elles eurent enfin terminé, l'heure du repas était arrivée.
– Nous avons bien mérité de manger un peu, annonça la grand-mère depuis la véranda où elle faisait la lessive.
Carine réalisa qu'elle était affamée. Elle rêvait d'un bon cheese-burger entouré de frites croustillantes ou d'une grosse part de pizza. Au lieu de cela, Mammy Johnson lui tendit une assiette avec un morceau de biscuit et une tranche graisseuse qui ressemblait à un bout de pneu.
– Qu'est-ce que c'est ? s'étonna-t-elle.
– Du porc salé, répondit joyeusement Philomène. C'est délicieux !
Guère convaincue, Carine croqua la chose du bout des dents. Le goût était encore pire que l'aspect. C'était dur et horriblement salé. Elle eut toutes les peines du monde à avaler.
– Il n'y a rien d'autre ? demanda-t-elle à la deuxième bouchée.
La grand-mère prit un air pincé :

– Nous avons du porc salé, alors nous mangeons du porc salé.

– Ce n'est pas grave, dit Carine en repoussant son assiette. Je n'avais pas très faim de toute manière.

Pourtant, son estomac gargouillait bruyamment.

« Je n'appartiens pas à ce monde, pensa-t-elle. Il faut que je trouve le moyen de rentrer à la maison au plus vite. »

Après le repas, Mammy Johnson retourna à sa lessive tandis que Philomène allait chercher le panier à repriser. Pour la première fois depuis la veille, Carine se retrouva seule dans la salle commune. Son regard se porta sur la psyché.

Comme elle l'avait remarqué la nuit précédente, elle était strictement identique à celle qui trônait dans leur chambre au collège. À cette différence près que la glace et le bois étaient neufs. « Ce doit être le même miroir », conclut-elle.

Elle s'en approcha doucement et la regarda, espérant retrouver sa chambre. Mais elle ne vit que son propre visage harassé de fatigue et maculé de poussière. Elle effleura le verre froid du bout des doigts. Quelque part derrière cette vitre se trouvaient sa sœur et tout son univers.

Tout l'après-midi fut consacré à la couture. Les filles durent rapiécer des vêtements, des draps et des serviettes. Les étoffes étaient usées jusqu'à la trame.

« Quelle existence fastidieuse », songea-t-elle.

Pendant qu'elles raccommodaient, Philomène parla de sa vie à la Vallée fantôme, des heures joyeuses

qu'elle avait partagées avec sa sœur. Elles n'avaient guère l'occasion de s'amuser, car l'ouvrage abondait, mais le temps passait vite quand elles travaillaient ensemble. Tout en l'écoutant, Carine comprit à quel point la jeune fille devait se sentir seule.
– J'ai une sœur, moi aussi, dit Carine. Et elle me manque terriblement.
– Alors tu comprends comme je suis heureuse de t'avoir à mes côtés, répliqua Philomène avec un large sourire.
En fin d'après-midi, Carine était si fatiguée qu'elle aurait pu s'endormir sur place. Mais il fallait encore nourrir les bêtes. Elles transportèrent des paniers de graines pour les poules et jetèrent aux cochons des seaux d'épluchures. Ce soir-là, lorsqu'elle prit place à la table, Carine ne put que picorer dans son assiette. Ivre de fatigue, elle ne trouvait pas la force de manger.
« Je dois rester éveillée, se disait-elle. Marine va peut-être apparaître dans le miroir. Peut-être pourrai-je m'enfuir. »
Tout le monde se coucha de bonne heure. Allongée à côté de Philomène dans son petit lit de bois massif, Carine luttait contre le sommeil qui la gagnait. Lorsqu'elle fut certaine que Philomène dormait profondément, elle se glissa hors des draps pour gagner la salle commune.
Le cœur battant, elle avança à pas feutrés en direction du miroir. La lune n'était pas encore levée et toute la maison était plongée dans l'obscurité, mais

Carine n'avait d'yeux que pour le cadre de bois qui se détachait dans les ténèbres.
« S'il te plaît, pria-t-elle. Laisse-moi voir ma maison. Oh oui, pourvu que ça marche... »
Hélas ! nulle trace de Marine ni de leur chambre : elle ne vit que les ombres grises de la cuisine.
– Oh non ! murmura-t-elle, la gorge nouée par l'angoisse. Non ! Je veux rentrer chez moi !
– Que se passe-t-il, chère Carine ?
Philomène venait d'apparaître derrière elle. Carine tressaillit et fit une brusque volte-face.
– Philomène ! Je ne t'avais pas entendue venir.
– Comme tu n'étais plus dans le lit, je suis partie à ta recherche. Qu'est-ce qui ne va pas ?
– Tout ! Tout va mal ! s'écria Carine en éclatant en sanglots. Je veux retourner au collège. Je veux revoir ma sœur ! Je veux rentrer chez moi ! Oh, Philomène, par pitié, laisse-moi rejoindre mon monde à moi !
Philomène s'approcha et prit Carine par la main :
– Mais, chère et douce Carine, tu es ici maintenant. Tu appartiens à ce monde, ne comprends-tu pas ? Tu es mon amie et tu ne partiras plus jamais.

8

MARINE

Une semaine s'était déjà écoulée depuis la disparition de Carine, mais Marine ne parvenait toujours pas à l'admettre. Chaque matin, elle espérait retrouver sa sœur, afin que la vie reprenne comme avant. Mais chaque matin, elle se réveillait seule dans sa chambre.

Marine était épuisée. Changer de rôle avait été un jeu sans grandes conséquences avant. Jamais elle n'avait été obligée de le faire sérieusement, et jamais elle n'aurait cru que cela serait si difficile.

Au début, elle avait tiré le meilleur parti de l'épidémie de grippe. Durant les trois premiers jours, « Carine » avait gardé la chambre, et les deux jours suivants, « Marine » avait été contaminée à son tour. Elle se rendait en classe sous l'aspect de la jumelle en bonne santé et matin et soir, elle jouait la jumelle malade, pour la visite de l'infirmière.

Le soir, elle était trop débordée de travail pour s'accorder le moindre divertissement. Elle avait renvoyé tous les visiteurs qui frappaient à sa porte en prétextant la maladie de l'une ou l'autre. Pour l'instant, personne n'avait eu vent de la supercherie. Toutefois, Angela la rendait plutôt nerveuse. C'était la meilleure amie de sa sœur et Marine la trouvait particulièrement curieuse ces derniers temps. Elle allait devoir se méfier d'elle comme de la peste.

Lundi marquait le début des examens. Pour les quinze jours à venir, les classes s'arrêtaient et, hormis les contrôles qui avaient lieu à heure fixe, chaque élève pouvait suivre les cours de rattrapage de son choix. Marine allait pouvoir établir son emploi du temps sans devoir justifier l'absence de l'une ou l'autre jumelle. Heureusement, les sœurs n'avaient aucun contrôle à la même heure. Mais rien que l'idée de passer les examens en double rendait Marine malade.

« Je dois tout faire pour que Carine revienne au plus vite, se répétait-elle. Il le faut ! »

Ce lundi matin, Marine dut se faire violence pour quitter son lit. Il avait plu toute la nuit et elle avait veillé tard, guettant en vain la moindre apparition dans le miroir. Elle s'étira en bâillant, puis consulta son programme et celui de sa sœur pour choisir les cours qu'elle allait suivre. Elle était soulagée de ne plus devoir simuler la maladie. La seule chose qui poserait problème, ce serait de tenir l'un après l'autre les deux rôles deux fois par jour à l'heure des repas.

Elle décida de suivre les cours du matin pour elle-même, puis d'être Carine durant l'après-midi. De cette manière, tout le monde verrait les sœurs à un moment donné de la journée.

Quand la sonnerie marqua le dernier cours du matin, elle se précipita au réfectoire, signa le cahier de présence, et prit un repas léger. Puis elle s'éclipsa, regagna sa chambre, changea de tenue et de coiffure avant de redescendre sous l'apparence de Carine.

Elle choisit un sandwich jambon-fromage et une pomme. Marine allait prendre place à une table vide quand elle entendit crier le nom de sa sœur.

– Ohé ! On est là ! hurla Angela à travers tout le réfectoire. Qu'est-ce que tu deviens ?

– À cette heure, je pensais que vous aviez fini, dit Marine en déposant son plateau à la table d'Angela.

– Tu es bien occupée en ce moment, dit celle-ci. On ne t'a pas vue hier à la soirée pizza dans la chambre de Dorie. Pourquoi ?

– Je... j'ai dû réviser.

– Vraiment ? s'étonna Angela. Que ta sœur s'inquiète pour les examens, cela se comprend, mais toi ?

– Et comment crois-tu que j'arrive toujours à avoir de bonnes notes ? répliqua Marine.

Angela ne répondit pas tout de suite et Marine se demanda avec inquiétude si elle ne soupçonnait pas quelque chose.

– Au fait, reprit Angela. As-tu trouvé des idées pour la soirée de dimanche ?

– Quelle soirée ?

– Tu sais bien. Enfin, tu devrais savoir : c'est toi-même qui l'as proposée.
– Ah oui ! répondit Marine d'un air entendu. Pourquoi ne pas en parler plus tard ?
– Très bien, conclut Angela. Je passerai te voir ce soir. N'oublie pas !

Ce soir-là, Marine eut plus de mal que d'habitude à se concentrer sur son travail. Son regard revenait sans cesse sur le miroir.
Enfin, la vieille cuisine commença d'apparaître. Cependant, quelque chose n'allait pas. La pièce était vide et plongée dans l'obscurité. Pas la moindre trace de sa sœur ou des autres personnes. Où était donc Carine ?
Soudain, on frappa à sa porte.
– Qui est là ? s'écria Marine, prise au dépourvu.
– C'est Angela ! Carine ?
– Une minute, j'arrive ! répondit Marine.
Elle avait totalement oublié qu'Angela devait passer voir sa sœur. Lançant un regard inquiet en direction du miroir, elle courut vers la porte. Elle devait renvoyer cette fouineuse au plus vite sans la laisser entrer.
Elle inspira profondément et entrebâilla la porte, un sourire figé au coin des lèvres.
– Salut ! lança-t-elle se tenant sur le seuil.
Angela lui renvoya son sourire et marqua un temps d'arrêt, manifestement surprise.
– Carine ?

– Oui ? répondit Marine, légèrement inquiète.
– Tu portes une queue-de-cheval maintenant ?
Dans sa précipitation, elle avait totalement oublié ce détail.
– J'attache parfois mes cheveux quand je travaille, répondit-elle calmement. Je n'aime pas les avoir dans la figure. Et puis, tu sais, Marine et moi, nous nous coiffons parfois pareil.
– J'imagine, répondit Angela. Alors, qu'est-ce que tu as prévu pour cette soirée du club d'histoire ?
« C'était donc ça ! » comprit Marine.
– Désolée, dit-elle, mais je suis débordée ce soir et j'ai promis à Marine de l'aider à réviser.
– Mais elle n'est pas là ? remarqua Angela en jetant un coup d'œil par-dessus l'épaule de Marine.
– Elle est descendue porter son linge sale à l'intendance, répondit Marine en faisant écran de son corps. Elle sera là d'une minute à l'autre.
– Alors je vais entrer. Ça ne sera pas long, dit Angela. Je partirai dès son retour.
Sans même laisser à Marine le temps de réagir, elle força le passage et pénétra dans la chambre.
« Pitié ! supplia Marine. Pourvu qu'elle ne regarde pas dans le miroir ! »
Bien évidemment, Angela avança droit dessus et s'arrêta net. Une seconde plus tard, elle se tournait vers Marine.
– Il est bizarre, votre miroir, dit-elle. Qu'est-ce qui se passe ?

9

CARINE

Cela faisait seulement une semaine que Carine était à la ferme, mais elle avait l'impression d'y vivre depuis des années. Et elle détestait cela. Du matin jusqu'au soir, elle n'avait qu'une seule idée en tête : fuir ce monde.

Mais comment faire ? Philomène refusait obstinément toute discussion à propos du miroir ; quant à sa grand-mère, visiblement elle ne savait rien de ses pouvoirs.

– C'est un cadeau de mariage du père de Philomène à sa promise, avait-elle répondu quand Carine l'avait interrogée. Je le conserve uniquement parce que ma petite-fille l'aime bien.

Deux fois de suite, après la nuit où Philomène l'avait surprise, elle s'était faufilée dans la cuisine avec l'espoir, toujours déçu, que sa chambre du collège apparaîtrait enfin.

Philomène se montrait une compagne charmante et enjouée, reconnaissante de la présence de Carine.

Jamais elle ne rechignait, quelle que fût la dureté des travaux qu'on leur imposait. Mais si Carine avait le malheur de mentionner sa vie d'avant, Philomène devenait une tout autre personne.

Un après-midi, alors qu'elles nettoyaient l'étable, Carine dit que son école possédait aussi une petite ferme, où les élèves pouvaient étudier la vie des animaux.

– Ne me parle plus jamais de cet endroit ! s'écria Philomène, furieuse. Je t'ai déjà dit que tu resterais ici avec moi !

– Mais... je ne faisais que..., bredouilla Carine, ahurie par la violence de cette réaction.

Philomène ne lui laissa pas le temps d'achever sa phrase et lui jeta au visage une pleine pelletée de purin. La pauvre Carine était couverte de cette matière immonde et puante qui déjà collait à ses cheveux. Elle essuya sa figure.

– Ne me parle plus jamais de ça ! hurla Philomène avant de quitter la grange d'un pas furibond.

Carine était si énervée qu'elle en tremblait de tous ses membres. Pourquoi Philomène avait fait ça ? Elle avait tout simplement parlé de son collège. De toute évidence, cette fille était totalement dérangée.

« Je dois absolument trouver le moyen de m'enfuir », pensa à nouveau Carine.

Lorsqu'elle retourna à la ferme après s'être nettoyée à la fontaine, Philomène l'attendait sur les marches du perron.

– Excuse-moi, Carine, dit-elle. Je ne sais pas ce qui

m'a prise. Tu es si chère à mon cœur ! Me pardonneras-tu ?
– Oui, bien sûr, répondit Carine en haussant les épaules.
Désormais, elle contrôlerait ses gestes et ses paroles jusqu'à ce qu'elle trouve le moyen de s'échapper.
– Dépêchez-vous, les filles ! cria Mammy Johnson à l'intérieur de la maison. Il est temps de préparer le dîner.
Philomène lui tendit une main amicale et Carine se laissa guider en réprimant un soupir.
« Je dois lui faire croire que je suis heureuse ici, pensa-t-elle. Et à la première occasion, je rentre chez moi ! »

Cependant, Carine ne pouvait que très rarement s'approcher du miroir. Quand les travaux quotidiens lui en laissaient le temps, elle le contemplait à distance, mais Philomène la surveillait de près, et Carine redoutait ses accès de colère.
La possibilité de mieux l'examiner se présenta, quand Mammy Johnson lui demanda de cirer les meubles. Elle tendit à Carine un flacon rempli d'une huile à l'odeur âcre pour qu'elle astique tout le mobilier. « Dans les moindres recoins », précisa-t-elle.
Par chance, Philomène devait aider sa grand-mère à étendre le linge dehors. Dès leur départ, Carine se précipita sur le miroir. Après avoir enduit un chiffon d'huile, elle s'appliqua à frotter le cadre. Ce faisant, ses doigts couraient le long du décor, cherchant un

bouton ou une manette qui déclencherait le phénomène extraordinaire.

Arrivée au sommet du cadre, elle porta toute son attention sur les gravures représentant les phases de la lune. Elle pressa chaque motif, tenta de les tourner, sans succès. Le mécanisme se trouvait peut-être derrière... Carine s'apprêtait à écarter le miroir du mur quand la porte de la cuisine s'ouvrit avec fracas.

– Qu'est-ce que tu fais ? hurla Philomène d'une voix rageuse.

– Je nettoie le miroir, comme ta grand-mère me l'a demandé, répondit calmement Carine.

– Oh oui, bien sûr, dit Philomène, rassurée. Attends, laisse-moi t'aider.

Elle s'empara du chiffon et se mit à astiquer le dos du miroir.

– C'est un très bel objet, commenta Carine, espérant lui soutirer des informations. D'où vient-il ?

Philomène lui lança un regard soupçonneux avant de hausser les épaules.

– C'est un meuble de famille. C'est mon grand-oncle qui l'a fabriqué, je crois.

– Il était astronome ?

– Astro... quoi ?

– Quelqu'un qui étudie les planètes et les étoiles. Je pense à cela à cause des dessins de la lune.

– Ça ne signifie rien ! répliqua sèchement Philomène. C'est juste un décor.

– Il n'est pas commun, insista Carine.

La voix contrariée de Philomène finit de la

convaincre que les motifs étaient en rapport avec les pouvoirs du miroir.
– Ce n'est rien du tout ! Tu m'entends ? reprit Philomène, gagnée par la colère. Oublie ça !
Carine s'éloigna en soupirant pour nettoyer le reste du mobilier. Quand elle eut terminé la grande pièce, l'heure était venue de préparer le dîner.
Tout au long de l'après-midi, elle guetta une occasion de s'approcher à nouveau des motifs lunaires, mais Philomène ne la quitta pas d'une semelle.
– Tu sembles bien fatiguée, constata Philomène après le repas. Pourquoi ne pas se coucher tôt ?
– C'est une bonne idée, répondit Carine en feignant de réprimer un bâillement.
En fait, elle n'avait aucune envie de dormir. Cette nuit, quand Philomène et sa grand-mère seraient assoupies, elle avait l'intention de se faufiler dans la salle et de tenter sa chance.
– Oui, approuva Mammy Johnson. Allez au lit et reposez-vous bien. Nous aurons beaucoup de travail demain.
Carine suivit Philomène dans la petite chambre qu'elles occupaient au fond de la maison. Elle enfila une longue chemise de nuit et se glissa dans les draps. Bientôt, le souffle régulier de Philomène s'éleva dans la pièce. Elle s'était endormie. Carine pouvait entendre les pas de la grand-mère qui résonnaient dans la salle. Elle aussi se préparait à aller se coucher.
« J'attends encore quelques minutes, pensa Carine.

Ensuite, je vais voir le miroir, et cette fois, je trouverai le moyen de rentrer chez moi. »

Soudain, quelqu'un frappa à la porte.

BANG ! BANG ! BANG !

Carine se redressa d'un bond, son cœur battant la chamade. Réveillée par ce tumulte, Philomène bougea mollement et ouvrit un œil.

– Quelqu'un veut rentrer, murmura-t-elle.

– Il est bien tard pourtant, s'inquiéta Carine.

Au même instant, la porte de la chambre s'ouvrit en grand. Mammy Johnson, l'air sombre, se tenait sur le seuil.

– Habille-toi vite, jeune Carine, dit-elle. Le marshall est venu te chercher !

10

MARINE

– Qu'est-ce que c'est ? demanda à nouveau Angela en désignant le miroir. C'est étrange !
Marine regarda à son tour. La pièce dans le miroir était vide et plongée dans l'obscurité. Le reflet était si trouble qu'il était impossible de distinguer quoi que ce soit. La jumelle reconnaissait la cuisine pour la simple raison qu'elle l'avait déjà vue auparavant.
– Il n'y a rien d'anormal, répondit-elle calmement.
Elle avança une chaise pour Angela de manière à ce qu'elle tourne le dos à la psyché.
– Le miroir est usé, poursuivit-elle. La dame qui l'a vendu à ma tante dit qu'il est noir par endroits parce que l'argent est écaillé.
– On dirait presque qu'il reflète une autre pièce, remarqua Angela. Vous devriez le faire arranger.
– On y songe, répondit Marine en s'asseyant.
Angela haussa les épaules et prit place à son tour sur sa chaise. Marine luttait de toutes ses forces pour ne pas regarder en direction du miroir.

– Alors, qu'est-ce qu'on a déjà décidé pour cette soirée ? demanda-t-elle.
– On a arrêté la date de dimanche, n'est-ce pas ?
– Tout à fait, répondit Marine.
« C'est trop facile, pensa-t-elle. Cette pipelette va me dire tout ce que je veux savoir. »
– J'ai noté tous les noms des membres du club d'histoire, dit Angela. Et M. Taylor a bien envie de proposer un jeu.
– Mm... mm, approuva Marine qui n'écoutait que d'une oreille distraite.
– Tiens, voilà la liste, reprit Angela en lui tendant une feuille de papier.
– Quelle liste ?
– Des participants. Tu as dit que tu te chargerais d'inviter tout le monde. Tu ne te souviens pas ?
– Oh ? Oui, bien sûr, je le ferai.
Angela se pencha vers Marine et la dévisagea avec curiosité.
– Tu es sûre d'aller bien ? demanda-t-elle. Tu as l'air complètement dans la lune.
– Excuse-moi, Angela, répondit Marine. Je ne suis pas encore tout à fait remise de ma grippe. J'ai parfois des absences.
– Oh, je comprends, compatit Angela. Mais je m'inquiète pour toi. Tu n'es plus toi-même depuis quelques jours. Ta sœur non plus d'ailleurs.
– Ce doit être l'angoisse des examens, répondit Marine. Au fait, il faut que je retourne à mes révisions.

Elle se leva et resta debout devant Angela, qui l'imita bientôt à contrecœur. À cet instant, une ombre traversa le miroir et Marine tressauta. La vieille femme venait d'apparaître, portant une chandelle. L'image restait floue, mais n'importe qui pouvait distinguer une silhouette. Une silhouette qui n'avait rien à faire là.

– C'est entendu, je préviendrai tout le monde demain, conclut Marine en s'efforçant de rester calme. C'est gentil d'être passée me voir.

Angela ne bougea pas d'un pouce. Dans son dos, la vieille femme arpentait lentement la cuisine.

– Où as-tu dit que Marine était ? demanda brusquement Angela.

– Marine ? répéta Marine, prise au dépourvu. Euh... Elle est partie réviser avec une copine... Monica, je crois.

– Je la croyais à l'intendance, dit Angela. Et puis, Monica est au foyer, je viens de la croiser.

– Je ne sais plus, répondit Marine avec une pointe d'agacement dans la voix. Je ne suis pas toujours derrière elle.

– C'est sûr, admit Angela. Mais j'y pense tout à coup : on ne vous a pas vues ensemble depuis bien longtemps. Vous vous êtes disputées ?

Angela la regardait à présent d'un air inquisiteur.

– Non, non, pas du tout, répondit Marine en essayant d'attirer Angela loin du miroir.

– Vraiment ? Tu es sûre ? Tu peux tout me confier, tu sais...

– Il n'y a rien, je t'assure. Tout va bien entre nous.

– D'accord. Enfin, tu sais que je suis là. Je vais tâcher de passer plus souvent, si tu veux m'en parler.

Convaincre Angela que les jumelles n'étaient pas en froid était une cause perdue, et Marine y renonça vite. Au lieu de cela, elle ouvrit la porte de sa chambre et dit :

– Encore merci de ta visite !

Angela finit par quitter la chambre, non sans avoir lancé un dernier regard lourd de sous-entendus. Marine s'adossa contre la porte et poussa un soupir épuisé.

« C'est bien ma veine, pensa-t-elle. Maintenant, miss Radio Potins va me suivre à la trace. »

Pour l'instant, elle avait d'autres soucis en tête. Sans plus tarder, elle se précipita vers le miroir. La pièce était à nouveau sombre, mais la vieille femme réapparut bientôt. Peu après, Carine la rejoignait.

La scène apparaissait dans une sorte de brouillard, et Marine distinguait mal ce qui se passait. Pourtant elle vit clairement sa sœur porter la main à sa bouche. Manifestement terrifiée, elle reculait tandis qu'une lourde masse sombre s'approchait d'elle. Plissant les yeux, Marine vit finalement de quoi il s'agissait. C'était la silhouette d'un homme taillé comme un colosse. Le bras tendu, il pointait sur Carine un long pistolet.

11

CARINE

Terrorisée, Carine entra dans la salle commune, sous la menace du pistolet que le marshall Briggs, un grand gaillard au visage sévère, pointait sur elle. Mammy Johnson avait allumé la lampe à pétrole afin que le marshall puisse mieux observer Carine. Immédiatement, il abaissa son arme.

– Toutes mes excuses, Mademoiselle, dit-il. Vous n'êtes pas celle que je cherche.

– Je crois bien que c'est une fugueuse, rapporta la grand-mère.

– Si ma mémoire est bonne, ce n'est pas la première que vous hébergez, dit le marshall.

– C'est mon amie, s'écria Philomène. Ne l'emmenez pas !

– Ce n'est pas mon intention, reprit le marshall Briggs. Je suis à la recherche de Mlle Annabelle Durac, qui s'est enfuie de chez elle. J'ai entendu dire qu'une étrangère se trouvait dans votre ferme, mais celle-ci est beaucoup trop jeune.

– Annabelle Durac ? lança Mammy Johnson d'un ton méprisant. Il fallait le dire plus tôt ! À mon avis, elle s'est envolée avec son galant, ce cow-boy qui lui tournait autour.
– C'est ce que je crois aussi, mais j'ai promis à ses parents de mener une enquête. Eh bien, je ne vais pas vous déranger plus longtemps. Je dois retourner en ville.
Tandis que Carine regardait le marshall s'éloigner, des milliers de pensées se bousculaient dans son esprit. Qui étaient les autres fugueuses dont avait parlé le marshall ? Qu'étaient-elles devenues ? D'autres filles avaient-elles traversé le miroir avant elle ? Carine se tourna vers Philomène qui souriait aux anges.
– Oh, Carine ! s'exclama-t-elle. J'ai eu si peur. J'ai cru que tu me quitterais toi aussi !
« Toi aussi » ? Ces mots résonnèrent dans sa tête. « Combien de personnes ont quitté Philomène ? se demanda Carine. Et où sont-elles à présent ? »

Cette nuit-là, Carine rêva du miroir. Dans son cauchemar, elle pouvait enfin voir sa chambre au collège. Mais alors qu'elle tentait de s'en approcher, quand enfin elle allait rejoindre sa sœur et la prendre par la main, la surface de verre fondait comme neige au soleil. Devant ses yeux horrifiés, les images de son monde s'évanouissaient.
Elle se réveilla peu avant l'aube, plus que jamais déterminée à percer le secret du miroir. Elle devait

trouver la vérité toute seule puisque Philomène ne lui en parlerait pas. Elle se glissa hors des draps et avança à pas feutrés, droit vers le miroir.
Le grincement sinistre d'une latte de parquet la fit se retourner. Philomène se tenait sur le seuil de la chambre, les yeux noirs de colère. Mais l'instant d'après, son visage s'éclairait d'un sourire.
– Pourquoi t'être levée si tôt, chère Carine ? Tu voulais certainement nous préparer le petit déjeuner ? Attends, je vais t'aider...

Cet après-midi-là, Carine et Philomène durent s'acquitter du repassage de la semaine. Bien entendu, il n'y avait pas de fer électrique. Mammy Johnson possédait deux lourds ustensiles en fonte qui chauffaient sur le coin de la cuisinière à bois. Les filles repassaient le linge et les draps, se relayant pour surveiller la chauffe des fers.
« Lorsque je serai rentrée à la maison, je ne me plaindrai plus jamais des corvées de nettoyage », pensa Carine. Malgré tout ce qu'elle avait pu lire sur cette époque, elle n'aurait jamais imaginé que la vie des pionniers fût aussi rude.
Elle achevait de plier une pile de linge pendant que Philomène entamait le repassage d'une deuxième panière.
– Où dois-je les ranger ? demanda Carine, les bras chargés de vêtements.
– Mets-les dans mon armoire, répondit Philomène sans même lui accorder un regard.

Elle était d'humeur grincheuse depuis le matin. Sans doute n'avait-elle pas assez dormi la nuit précédente. Carine emporta le linge dans la chambre de Philomène. Elle déposa la pile sur le lit, ouvrit en grand les portes de l'armoire et fit un peu de place sur les étagères afin de ranger les affaires. Elle réalisa soudain qu'elle n'avait encore jamais regardé dans ce meuble. Peut-être allait-elle y découvrir une clé ou des instructions concernant le miroir ?

Jetant des regards angoissés par-dessus son épaule, elle tâtonna à l'arrière des rayonnages. Ne trouvant rien, elle allait abandonner quand sa main se posa sur un long paquet, composé de plusieurs couches de vieux chiffons. Il était lourd, mais elle parvint à l'extirper de sa cachette et commença à le déballer. Découvrant ce que c'était, elle faillit laisser choir l'objet.

C'était une hache. Tremblant de tous ses membres, Carine examina le fer. Le tranchant était strié de vagues traces brunâtres, semblables à du sang séché. Était-ce vraiment du sang ? Carine se refusait à l'admettre. Que faisait cette hache dans l'armoire de Philomène ? Soudain, une peur panique la saisit à la gorge, lui coupant le souffle.

« Ce n'est plus possible, pensa-t-elle. Je dois absolument fuir ce lieu maudit ! »

12

MARINE

Toute la journée suivante, Marine fut rongée d'inquiétude pour sa sœur. Elle l'avait vue, la nuit précédente, tremblant sous la menace d'une arme. Finalement, l'inconnu avait abaissé son pistolet, mais avant qu'elle comprenne ce qui se passait, la scène avait disparu.

Qu'était-il arrivé à sa sœur ? Qui était cet homme ? Avait-il emmené Carine avec lui ?

Ces questions obsédantes l'avaient maintenue éveillée une partie de la nuit. Ce jour-là, elle n'avait plus trouvé la force de jouer la comédie. Elle se souvenait à peine qui elle était et s'était même assoupie pendant le cours d'espagnol.

Dès qu'elle put enfin regagner sa chambre après dîner, Marine se précipita sur le miroir, mais il ne renvoyait que l'image des lits jumeaux vides. En attendant le retour des apparitions, Marine prit son livre de mathématiques pour réviser l'examen que Carine avait le lendemain.

Elle l'ouvrit à la page des exercices et se mit au travail.
« C'est drôle, pensa-t-elle. Il y a seulement quinze jours, j'étais incapable de résoudre le moindre problème de maths et aujourd'hui ça me paraît facile. »
Elle allait à nouveau vérifier le miroir quand on frappa à la porte.
« Si c'est cette fouineuse d'Angela, je la jette par la fenêtre ! » pensa-t-elle rageusement.
Marine enfila à la hâte le gilet vert de sa sœur et fit bouffer ses cheveux avant d'ouvrir. À sa grande surprise, elle découvrit la directrice, Mme Danita.
– Carine ? demanda-t-elle.
– Non, je suis Marine, répondit-elle sans réfléchir. Je... j'ai emprunté le gilet de Carine.
– J'aurais aimé vous parler à toutes les deux, dit Mme Danita d'un ton sérieux.
– Carine révise avec une camarade, répondit Marine. Mais je ne sais pas laquelle.
– C'est un peu pour cela que je voulais vous voir, reprit la directrice. Il semble que vous ayez quelques problèmes ces derniers temps et j'aimerais bien en discuter avec vous.
Pendant un court instant, Marine songea à lui avouer toute la vérité. La directrice était une personne compréhensive. Sans doute accepterait-elle de lui venir en aide. Mais elle réalisa vite qu'elle ne pourrait rien dire sans aller au-devant de gros ennuis. « Vous comprenez, Madame, tout a commencé quand Carine a pris ma place pour le contrôle d'his-

toire... » Même si elle ne mentionnait pas ce détail, la directrice la prendrait sûrement pour une folle. « En effet, j'ai un sérieux problème, voyez-vous. Ma sœur a disparu dans le miroir de la chambre... »

– Marine ? intervint Mme Danita. Tout va bien ?

– Oui, oui, répondit Marine en s'efforçant de conserver un air innocent. Je suis juste un peu tendue à cause des examens, comme tout le monde...

– À ce propos, Mlle Pachedo m'a dit que tu t'étais endormie pendant le cours d'espagnol. Et de nombreux professeurs ont remarqué que vous aviez manqué, l'une comme l'autre, certaines sessions.

– Nous ne suivons que les cours qui nous semblent nécessaires, répondit Marine. Et puis, ils sont facultatifs, n'est-ce pas ?

– En effet, admit Mme Danita. Mais il est tout de même préférable de réviser avec l'aide des professeurs.

– Nous faisons de notre mieux, je vous assure, Madame, répondit Marine.

La directrice l'observa en silence pendant de longues secondes.

– Quoi qu'il en soit, j'aimerais beaucoup vous voir toutes les deux, dit-elle en consultant ses tablettes. Si j'en crois l'emploi du temps, aucune de vous n'a d'examen lundi prochain. Je vous attendrai donc dans mon bureau avant le début des cours.

– Nous allons êtres punies ? s'inquiéta Marine.

– Non, pas du tout, la rassura Mme Danita. Mais je sens que quelque chose vous tracasse et je tiens à tirer cette affaire au clair.

Marine resta songeuse longtemps après le départ de la directrice. « Carine doit absolument revenir avant lundi, pensa-t-elle. Sinon, je serai obligée de tout avouer à Mme Danita. »

13

CARINE

Carine s'efforça de se raisonner et inspira profondément. « Allons, calme-toi, se dit-elle. Il doit y avoir une bonne raison à la présence de cette hache. » Sans doute servait-elle à tuer les poulets ou les porcs. Mais dans ce cas, pourquoi Philomène la gardait-elle dans son armoire ?

Ce soir-là, Mammy Johnson alla se coucher plus tôt que d'habitude, prétextant une crise de rhumatismes. Philomène s'empressa de l'imiter.

– Allez, Carine, lança-t-elle avec agacement. Nous n'allons pas veiller toute la nuit !

Assise sur le perron de la ferme, Carine contemplait les étoiles sous les pâles rayons de la lune dans son dernier quartier.

– Je... j'aimerais rester encore pour admirer la lune, répondit-elle.

– La lune ! La lune ! Est-ce donc la seule chose qui t'importe ? s'énerva Philomène. J'ai dit que nous allions dormir, et pour être sûre que tu vas rester au lit, je fermerai la porte à clé !

Désespérée, Carine suivit Philomène dans sa chambre et enfila sa chemise de nuit. Elle vit alors avec angoisse que Philomène ôtait la clé du cordon de cuir qui ne quittait jamais son cou et fermait la porte à double tour. La jeune fille remit la clé en place et se glissa sous les draps. Quelques minutes plus tard, elle dormait profondément.

Carine reposait à côté de la jeune fille, cherchant au fond d'elle-même le courage d'agir. Finalement, elle se leva, s'approcha de Philomène et entreprit de délacer son cordon de cuir. Philomène eut un mouvement brusque et se retourna dans son sommeil. Carine dut lâcher prise. Heureusement, Philomène ne s'était pas réveillée. Dans cette nouvelle position, Carine n'eut aucun mal à s'emparer de la clé. Alors elle alla ouvrir la porte.

La maison était plongée dans l'obscurité, mais Carine connaissait bien les lieux. Elle ne voulait pas courir le risque d'allumer une chandelle et elle se faufila lentement vers le miroir. Les faibles rayons argentés du dernier quartier de lune éclairaient la surface de verre. Comme à l'ordinaire, elle ne renvoyait que l'image grise de la cuisine.

Carine était désormais persuadée que les pouvoirs du miroir étaient liés aux motifs qui ornaient le sommet du cadre. L'antiquaire avait dit qu'ils représentaient les différentes phases de la lune. Les deux cercles présents à chaque extrémité devaient donc être la

pleine lune, pour le cercle clair, et la nouvelle lune pour le cercle foncé, cette dernière correspondant à la période du mois où elle est totalement sombre puisqu'elle n'est plus éclairée par le soleil.
Carine appuya sur les motifs gravés. D'abord l'un après l'autre, puis en formant toutes les combinaisons possibles. Finalement, elle pressa ensemble les cercles de la pleine lune et de la nouvelle lune. Il y eut un léger déclic et, pour sa plus grande joie, Carine vit une image qui naissait à l'intérieur du miroir !
La scène était floue et obscure, mais la fille trépigna d'excitation en reconnaissant les contours familiers de sa table de travail et de son lit. Quelques instants plus tard, le visage de Marine apparut au bord du miroir.
C'était un tel soulagement de voir sa sœur que pendant de longues secondes elle ne put que la contempler, les larmes aux yeux. Marine semblait épuisée et malheureuse. Sans nul doute, elle était rongée d'inquiétude. Brusquement, son visage s'illumina quand elle aperçut sa jumelle de l'autre côté du miroir.
Elles se voyaient enfin ! Elles allaient pouvoir se toucher, et Carine rentrerait chez elle ! Les deux sœurs posèrent ensemble leurs mains sur la surface de verre, mais le miroir demeurait toujours une barrière infranchissable. Peut-être Marine devait-elle à son tour manipuler les gravures du cadre ? Exagérant ses expressions, tel un mime, Carine pointa son doigt en

l'air, vers le sommet du miroir. Marine semblait déconcertée, mais elle imita les gestes de sa sœur.

– La lune, dit Carine en articulant chaque syllabe pour que Marine puisse lire sur ses lèvres. La nouvelle lune et la pleine lune.

Marine fronçait les sourcils sans comprendre, mais bientôt elle répéta le mot « lune ». Au comble de l'excitation, Carine hocha vivement la tête et recommença d'articuler : « Nouvelle lune. »

Soudain, un bruit résonna derrière elle. Son cœur fit un bond dans sa poitrine et elle se retourna. Philomène, ivre de rage, se tenait sur le seuil de la chambre.

– Philomène, je... commença-t-elle.

Sans même lui laisser le temps de s'expliquer, la jeune fille s'élança vers l'âtre et s'empara d'un fer à repasser. Avec un grognement furieux, elle le projeta de toutes ses forces en direction du miroir.

14

CARINE

Avec une vivacité étonnante, Carine poussa le miroir sur le côté. Le fer à repasser traversa la pièce, lui frôlant le crâne, et rebondit violemment contre le mur. Philomène s'avançait à pas lents, une lueur folle au fond des yeux.

– Tu voulais me quitter ! hurla-t-elle.

– Non ! C'est faux ! protesta Carine avec véhémence.

Philomène se baissa pour ramasser le fer et le brandit au-dessus d'elle.

– Éloigne-toi de ce miroir ! ordonna-t-elle.

– Non, Philomène, s'il te plaît ! implora Carine. Laisse-moi t'expliquer...

– Jamais je ne te laisserai partir ! cria-t-elle à nouveau.

Pétrifiée, Carine ne savait plus que faire. Soudain elle eut une idée lumineuse.

– Philomène, je ne veux pas partir !

– Vraiment ?

– C'est ce que j'essaie de te dire, poursuivit Carine. Je me plais ici. Mais parfois j'ai le mal du pays. Elle éclata en sanglots.
– Je n'y peux rien, mon ancienne maison me manque. Je n'arrête pas de me demander si tout va bien là-bas. Je voulais juste vérifier.
– C'est tout ? demanda Philomène, l'air soupçonneux.
– Je te le jure, reprit Carine en essuyant ses larmes. Je pourrais être parfaitement heureuse ici. Si seulement je savais que ma sœur...
– Que se passe-t-il avec ta sœur ? demanda Philomène, radoucie.
– Je voulais m'assurer qu'elle se portait bien, poursuivit Carine. Nous étions si proches l'une de l'autre.
– Ma sœur et moi étions aussi très liées, répondit Philomène, au bord des larmes. Je l'aimais tant. Elle était si chère à mon cœur... mais elle est morte.
– Tu peux me comprendre alors, dit Carine. J'ai les mêmes sentiments pour ma sœur.
À son grand soulagement, Philomène s'en alla reposer le fer à repasser sur le bord de l'âtre. Carine s'approcha lentement de la jeune fille et elles allèrent s'asseoir à la table.
« Je dois absolument la convaincre de ma bonne foi, se dit Carine. C'est seulement de cette manière que je pourrai apprendre le secret du miroir. »
– Ma sœur s'appelait Mélodie, dit Philomène avec un soupir.
– C'est un bien joli nom.

– Elle était aussi très belle. Je ne pourrai jamais l'oublier, même si je vis encore un siècle.
Philomène observa Carine pendant un long moment. Puis elle lui prit la main.
– Mais maintenant, tu es ma meilleure amie, n'est-ce pas, Carine ?
– Oui, bien sûr.
– Tu ne seras jamais ma sœur, poursuivit Philomène. Mais tu pourrais prendre sa place. Tu me comprends, n'est-ce pas ?
– Oui, je comprends très bien, acquiesça Carine, qui ne voulait en rien la contredire.
Philomène caressait doucement la main de Carine, les yeux perdus dans le vide. Soudain elle resserra sa prise et lui lança un regard fou.
– Mais tu ne partiras pas comme les autres, dit-elle d'une voix sifflante. Je ne te laisserai pas faire !
– Les autres ? s'étonna Carine.
C'était la deuxième fois que Philomène lui parlait des « autres ».
– Ce n'est pas grave, ricana Philomène, une lueur mauvaise au coin des yeux. Elles ont bien retenu la leçon.
– Pourrais-tu me parler un peu d'elles ? Je ne voudrais surtout pas commettre les mêmes erreurs.
– Ne cherche jamais à me quitter, et tout se passera bien, reprit Philomène. Tu comprends cela ?
– Oui. Je ne te quitterai jamais, Philomène. Je te le promets. Seulement....
Carine avait achevé sa phrase par un long soupir.

– Seulement quoi ? demanda Philomène. Tu as dit que tu voulais rester avec moi.
– C'est vrai. Mais je ne serai vraiment soulagée que si je sais que ma sœur va bien. Sans cela je ne pourrai pas être heureuse. Et que vaut une amie qui est toujours triste ?
– Je comprends, dit Philomène. Je sais combien ta sœur compte pour toi, mais je ne peux t'autoriser à lui rendre visite.
– Non, pas lui rendre visite, rectifia rapidement Carine. Je veux simplement la voir, l'observer à travers le miroir et m'assurer que tout se passe bien pour elle.
– C'est tout ce que tu veux ? Juste la voir ?
– Mais oui ! Pourquoi ne me raconterais-tu pas le secret du miroir afin que je regarde mon ancien monde ?
Philomène resta songeuse un long moment et soupira.
– Fort bien, dit-elle. Je te laisserai regarder. Mais une fois seulement, comme cela tu seras rassurée.
– Oh merci ! s'écria Carine en se jetant au cou de Philomène. Quand pourrai-je le faire ? Ce soir ?
– Oh non ! répondit Philomène avec un petit rire. Il faut attendre dimanche. Ce soir, l'image serait trop floue, tu pourrais tout juste entrevoir ta sœur.
– Pourquoi cela ? demanda Carine.
– Regarde par la fenêtre, dit Philomène. La lune est dans son dernier quartier. On la remarque à peine. En fait, plus la lune est pleine, plus l'image est nette, et

on ne peut bien voir que si les rayons éclairent le miroir.
– Mais... dimanche, on n'y verra rien, dit Carine qui ne pouvait masquer sa déception. C'est la nouvelle lune, elle sera totalement invisible.
– C'est exact, approuva Philomène. Mais la nouvelle lune possède un pouvoir particulier. Ce jour-là, l'image est aussi vive que pendant la pleine lune et on peut voir dans le miroir malgré l'absence de lumière.
– Je suis arrivée ici le soir de la pleine lune ! réalisa soudain Carine.
– C'est vrai, dit Philomène. Tu es très intelligente, Carine.
– Est-ce là le secret pour traverser le miroir ? demanda Carine, au comble de l'excitation. Cela marche seulement quand l'image est très claire ?
– C'est cela, dit Philomène. Je ne sais pourquoi, mais c'est ainsi. Ce n'est possible que pendant la pleine lune et la nouvelle lune. En fait, parfois...
Elle s'interrompit brusquement et lança un regard soupçonneux en direction de Carine.
– Je croyais que tu voulais simplement regarder, s'énerva-t-elle.
– Je ne désire rien d'autre, confirma Carine, soucieuse de l'apaiser. Je te le promets. Je suis juste curieuse...
– Bon. Je ne vois aucun inconvénient à te laisser regarder pendant la nouvelle lune de dimanche soir. L'image sera très nette, mais tu devras bien tout

observer, afin de garder cette vision très longtemps... Philomène marqua une longue pause.
– Car, quand tu auras vu ta sœur, je détruirai ce miroir.
Carine s'efforça de masquer l'angoisse qui montait en elle. Philomène était bien capable de mettre sa menace à exécution. Elle devait absolument s'enfuir dimanche soir, au moment de la nouvelle lune. C'était sa dernière chance.

15

MARINE

Ce dimanche, Marine s'accorda une grasse matinée de quelques heures. Ni elle ni Carine n'avaient d'examens avant le mardi suivant. Après son petit déjeuner, elle révisa la grammaire anglaise pour le contrôle de Carine. Elle ne pouvait se concentrer sur son travail, obsédée par le souvenir de sa sœur entrevue dans le miroir l'autre jour.

« Elle cherchait à me dire quelque chose, pensa Marine pour la centième fois. Elle voulait me donner le secret du miroir. »

N'y tenant plus, elle abandonna son bureau et se dirigea vers la glace. Une fois encore, elle examina soigneusement les ornements du cadre. Les différents croissants se succédaient entre les disques ronds de la pleine lune et de la nouvelle lune. Qu'est-ce que Carine avait essayé de lui montrer ?

Quand sa sœur avait désigné le cadre, ses mains se trouvaient au niveau des deux cercles. Ces motifs étaient d'ailleurs plus gros que les autres.

« La réponse doit être là, songea Marine. Le secret est en rapport avec la pleine lune et la nouvelle lune. »
Elle avait déjà vu une illustration des différentes phases de la lune dans un livre, à la bibliothèque. Elle décida d'y aller. La bibliothèque restait ouverte le dimanche pour permettre aux étudiants de préparer leurs examens. La salle était déserte, à part deux élèves qui se faisaient réciter l'un l'autre. Marine se précipita vers la section d'astronomie et trouva vite le volume qu'elle cherchait. Elle alla s'asseoir à une table tout en feuilletant les pages.
C'était *L'almanach des paysans,* un gros recueil qui donnait tous les renseignements utiles pour les travaux des champs. Chaque page du calendrier comportait un petit encart avec la phase de la lune correspondant à la période et l'heure exacte de son apparition. Par curiosité, Marine se reporta à la date de l'enlèvement de sa sœur, quinze jours plus tôt.
Elle crut défaillir en trouvant la réponse. Deux semaines avant, c'était la pleine lune. Marine ne se souvenait pas de l'heure exacte de la disparition, mais c'était aux environs de neuf heures. Selon l'almanach, la pleine lune se levait à 21 heures 08 ce soir-là.
« C'est donc ça ! Le miroir ouvre une porte sur le passé au moment où la pleine lune apparaît. » Excitée par sa découverte, elle feuilleta les pages jusqu'à la date de la prochaine pleine lune. Il fallait attendre encore deux semaines !

« Je ne pourrai jamais jouer la comédie aussi longtemps, se dit-elle. »
Et Carine ? Allait-elle supporter un tel délai ? Chaque fois qu'elle avait pu la voir, sa sœur semblait paniquée.
De dépit, Marine faillit éclater en sanglots. Soudain, elle se souvint que Carine avait désigné les deux lunes. D'ailleurs, elles étaient de la même taille sur le cadre. « Si ça se trouve, le passage fonctionne aussi à la nouvelle lune, pensa-t-elle. »
Ces derniers soirs, le ciel était très sombre, ce serait sûrement pour bientôt. Marine consulta à nouveau l'almanach et vit que la nouvelle lune débutait le dimanche soir, à vingt heures trente exactement.
« Mais c'est aujourd'hui ! réalisa-t-elle soudain. Carine pourra revenir ! » Elle souriait en allant ranger le volume sur son étagère.
« Le cauchemar touche à sa fin, pensa-t-elle avec satisfaction. Dans quelques heures, ma sœur sera de retour. »
Elle n'avait plus qu'à attendre le moment crucial. Elle décida qu'elle resterait dans sa chambre jusqu'à ce que l'heure de retrouver Carine arrive.
Un large sourire sur le visage, Marine choisit quelques livres et traversa la bibliothèque. Elle allait sortir quand une voix familière l'interpella :
– Carine ! Excuse-moi !
C'était Angela. Elle tenait le registre des prêts pour la journée.
– Où vas-tu comme ça ?

– Euh... je... bredouilla Marine, prise au dépourvu.

– Ou bien devrais-je dire Marine ? poursuivit Angela. Tu crois peut-être abuser les autres, mais pas moi. Je t'ai enfin démasquée.

16

CARINE

Durant toute la journée de dimanche, Carine n'eut qu'une seule pensée en tête. « C'est pour cette nuit, se répétait-elle inlassablement. Cette nuit, je m'enfuis, je retourne dans mon monde, à mon époque. Je n'ai plus qu'à attendre. »
Elle ne connaissait pas exactement l'heure du lever de la nouvelle lune, mais Philomène lui avait dit que cela se produirait après dîner.
Une grande partie de la matinée fut consacrée à arracher les mauvaises herbes du potager. Les filles devaient ensuite nettoyer la porcherie. C'était une besogne épuisante, mais Carine travaillait si dur depuis deux semaines qu'elle n'y prêtait plus aucune attention. Elle se demanda si Philomène, elle aussi, pensait à ce qui devait se passer ce soir.
« Certainement pas, conclut-elle. Elle est persuadée que je veux simplement regarder. Elle va avoir une belle surprise. »
– Tu es bien silencieuse, Carine, dit Philomène, alors

que les filles transportaient des baquets d'eau vers l'étable. Tu penses à ta maison ? demanda-t-elle avec un petit sourire. Je comprends cela. Mais je te l'ai promis : ce soir, tu la verras une dernière fois.
– Merci, Philomène.
– C'est normal. Je veux que tu sois heureuse ici, puisque tu vas rester.
Carine cherchait une réponse qui n'éveillerait pas les soupçons de Philomène quand la voix de Mammy Johnson retentit à travers toute la cour :
– Philomène ! Viens ici ! J'ai besoin de ton aide !
– Ah ! Il faut que j'y aille, dit la jeune fille. Peux-tu laver seule la porcherie ?
– Je crois, répondit Carine.
Philomène reposa son baquet d'eau et partit en courant vers la ferme. Carine ouvrit la porte de l'enclos. Un des porcelets qui s'ébattaient joyeusement dedans en profita pour s'échapper dans la cour.
– Viens ici ! cria Carine.
Mammy Johnson serait furieuse si Carine laissait s'enfuir une des ses précieuses bêtes. Elle referma la porte en toute hâte et se lança à sa poursuite. Croyant à un jeu, le porcelet décrivait de larges cercles qui l'éloignaient de la ferme, en direction des bois.
– Reviens immédiatement ! hurla Carine.
S'il pénétrait dans la forêt, il serait perdu à jamais. Carine s'engagea dans les sous-bois, derrière l'animal qui zigzaguait entre les buissons. La ferme n'était plus visible et Carine craignait de se perdre.
– Reviens, s'il te plaît ! cria-t-elle.

Un peu plus loin, l'animal s'arrêta dans une petite clairière pour fourrager du museau dans une touffe de fleurs jaunes. Carine s'approcha à pas feutrés et l'attrapa par surprise.

– Je t'ai eu, sale bête ! s'écria-t-elle joyeusement.

La jeune fille s'apprêtait à rebrousser chemin quand une tache claire à l'orée du bois attira son attention. Poussée par la curiosité, elle s'approcha et resta un instant stupéfaite par ce qu'elle découvrit.

Trois petites bannières de drap blanc flottaient dans le vent. Chacune d'elles était nouée à une croix rudimentaire formée de deux bâtons. Les croix étaient plantées dans des monticules de terre meuble qui ressemblaient à des tombes.

Carine s'approcha pour regarder de plus près un des drapeaux. Elle le relâcha aussitôt, pétrifiée d'horreur. Elle vérifia les deux autres : sur chaque bannière s'inscrivait en lettres grossières le mot : SŒUR.

17

MARINE

– Alors, Marine ? dit Angela avec un sourire triomphant. Dois-je t'appeler Carine ou bien cela n'a pas d'importance ?
– Je... je ne sais pas de quoi tu parles, bredouilla Marine, décontenancée.
– Vraiment ? reprit Angela. Je suis sûre que tu sais très bien au contraire, et tu ferais mieux de tout me dire avant que la nouvelle fasse le tour du collège.
– Te dire quoi ?
– Pourquoi tu te fais passer pour Carine, lança Angela. Espère tromper qui tu veux, mais pas moi ! Je sais qui tu es, Marine.
Marine cherchait désespérément un moyen de se tirer d'affaire, mais comme elle ne pouvait se débarrasser d'Angela, elle choisit l'offensive.
– Qu'est-ce qui te permet d'affirmer une chose pareille ?
– Allons, Marine, dit Angela sans cesser un instant de sourire. Je connais bien Carine. Et même si tu

m'as abusée la semaine dernière, je sais que tu n'es pas elle. Vous vous faites passer l'une pour l'autre depuis plusieurs jours déjà. Au début je pensais que c'était une blague, mais en fait ce doit être plus grave. Je veux savoir...

Marine ne savait que répondre. Elle ne pouvait nier plus longtemps, mais d'une manière ou d'une autre, elle devait s'arranger pour qu'Angela garde le secret, au moins jusqu'au lendemain, quand Carine aurait à nouveau traversé le miroir.

– C'est bon, soupira-t-elle. Tu as gagné. Nous échangeons nos personnages depuis quelque temps.

– Je le savais ! jubila Angela.

– Mais ce n'est pas du tout ce que tu crois, s'empressa d'ajouter Marine.

– Alors dis-moi pourquoi vous faites ça ?

– C'est à cause de mes notes.

– Tes notes ? s'étonna Angela.

– En fait, tu avais raison l'autre soir. Carine et moi, nous nous sommes disputées.

– Je m'en doutais ! s'exclama Angela, ravie d'entrer dans la confidence. Pour quelle raison ?

– Eh bien..., hésita Marine, qui inventait au fur et à mesure. Carine s'est fâchée parce que je ne travaille pas assez.

– Et alors ? demanda Angela.

– Mme Danita a annulé toutes mes sorties jusqu'à ce que mes notes s'améliorent...

– Vraiment ? Dis donc, je ne pensais pas qu'elles étaient mauvaises à ce point !

– Toujours est-il que nous avons prévu de rendre visite à notre tante Louise dimanche prochain. Si je n'obtiens pas de bons résultats à mes examens, je ne pourrai pas y aller, expliqua Marine. C'est pourquoi Carine et moi avons mis au point ce plan pour que je puisse mieux travailler.

– Comment cela ?

Marine sentait monter des bouffées d'angoisse à mesure qu'elle inventait son histoire de toutes pièces.

– Tu vois, Carine se rend à une partie de mes cours, et cela me laisse le temps de réviser tranquillement dans ma chambre ou à la bibliothèque.

Angela fronçait les sourcils, et Marine se demanda si elle allait mordre à l'hameçon.

– Oui, je vois..., reprit finalement Angela, visiblement déçue. Vous auriez pu me mettre dans la confidence. Je n'aurais rien répété à Mme Danita.

– Merci, Angela, soupira Marine avec soulagement. À présent que tu sais, tu dois absolument tenir ta langue.

– Cela restera entre nous ! Mais préviens Carine, quand tu vas la revoir, que je tiens absolument à lui parler de toute cette histoire.

– D'accord !

– Cela veut dire que Carine ferait bien de se présenter ce soir à la réunion du club d'histoire. La vraie Carine, ajouta Angela d'un air entendu.

18

CARINE

Les petits drapeaux continuaient à claquer dans le vent, et Carine recula d'un pas, glacée d'effroi.
Ils étaient tous marqués SŒUR. Pourtant Philomène n'en avait eu qu'une, Mélodie. Qui reposait donc dans ces tombes ? Était-ce les « autres », les fugueuses dont avait parlé Mammy Johnson ?
C'était trop horrible, et Carine refusait de l'admettre. Mais qui pouvait être enterré là ? Et s'il s'agissait vraiment des « autres », comment étaient-elles mortes ?
Carine réprima un frisson en repensant à la hache maculée de sang que Philomène dissimulait dans son armoire.
« Non, pensa-t-elle. Non, ce n'est pas possible. »
Cependant, au fond d'elle-même, elle savait qui avait écrit ces mots. Ce ne pouvait être que Philomène.
C'était comme si un poing gigantesque venait de s'abattre sur sa poitrine, lui coupant le souffle. Était-ce là le destin qui l'attendait, elle aussi ?

« Ce soir, songea-t-elle pour se rassurer. Ce soir, je quitterai ce cauchemar. »

Le porcelet commençait à se débattre dans ses bras et Carine regagna la ferme au plus vite. Elle remit le petit animal dans son enclos et s'employa à abreuver les bêtes. Les images de la clairière tourbillonnaient dans son esprit, jusqu'à la nausée.

– Carine !

Elle sursauta en entendant la voix de Philomène.

– Tout va bien ?

Carine tourna lentement la tête.

– Je n'arrête pas de t'appeler pour déjeuner. Où étais-tu donc ?

Carine lui raconta l'épisode du porcelet qui s'était enfui dans la forêt.

– Je ne pensais pas qu'il pouvait courir aussi vite, ajouta-t-elle.

– Cela arrive parfois, il faut faire attention, répondit Philomène. Mais que se passe-t-il ? Tu as l'air bouleversé.

– Ce doit être la fatigue, répondit Carine, cherchant à dissimuler son trouble. Il a fait très chaud aujourd'hui.

– Oui, et tu n'es pas encore habituée aux travaux de la ferme, reprit Philomène. Mais je te promets d'être toujours là pour te prêter main-forte. Nous serons comme des sœurs l'une pour l'autre.

« Sœurs »... À ce mot, Carine ne put s'empêcher de frissonner.

– Allons-y, dit Philomène en la prenant par la main.

Sans même s'en rendre compte, Carine se laissa guider jusqu'à la porte de la ferme.
« Ce soir, c'est pour ce soir, se répétait-elle inlassablement. Je dois tenir encore quelques heures, et tout sera fini. »
Carine suivit Philomène jusque dans la cuisine. Mammy Johnson mangeait déjà sa ration quotidienne de porc salé et de biscuits. Carine allait prendre place à la table quand elle remarqua quelque chose d'inhabituel dans la pièce.
Elle comprit immédiatement de quoi il s'agissait et faillit s'évanouir. Non ! Ce n'était pas possible !
Le miroir avait disparu ! Interdite, Carine contemplait l'espace vide près du mur. Elle tourna un visage effaré en direction de la table. Mammy Johnson, impassible, avalait silencieusement son repas. Philomène la regardait droit dans les yeux, un petit sourire au coin des lèvres.
Comment avaient-elles pu faire une chose pareille ? L'émotion de Carine était telle qu'elle en avait le souffle coupé.
– Où... où est le miroir ? finit-elle par articuler.
– Je l'ai vendu ce matin, répondit Mammy Johnson.
– Vous l'avez vendu ? répéta Carine, abasourdie par cette nouvelle.
– Je le gardais uniquement pour Philomène. Mais elle m'a dit qu'elle n'en voulait plus... J'en ai tiré un bon prix, dit la vieille femme. Et puis les miroirs ne servent qu'à flatter la vanité des gens. Mieux vaut bien faire son travail et se contenter de ce qu'on est.

– Allons, Carine, ordonna Philomène. Assieds-toi et mange.
Encore sous le choc, Carine avança avec des gestes d'automate et s'assit. Elle regarda Philomène qui lui servait son repas, mais elle avait l'estomac noué. À cause d'elle, le miroir était parti, et avec lui tous ses espoirs de retourner un jour dans son monde.
– Qui l'a acheté ? demanda Carine, persuadée qu'elle n'obtiendrait aucune réponse.
– C'est un de nos voisins, répondit Mammy Johnson, M. Bendigo, qui vit de l'autre côté du ravin. Il lui plaisait beaucoup.
« Un voisin ! pensa Carine en reprenant espoir. Cela veut dire qu'il n'est pas loin d'ici ! »
– Il compte l'offrir à sa fille à l'occasion de son mariage, n'est-ce pas, Mammy ? demanda Philomène.
– C'est cela, dit la vieille femme. Les noces auront lieu à San Francisco. Le miroir doit déjà être sur le chemin, dans la diligence.

Carine passa le reste de la journée comme une somnambule, sans garder le moindre souvenir de ce qu'elle faisait. La disparition du miroir l'obsédait. C'était sa seule chance de fuir et, à cause de Philomène, son dernier espoir se trouvait à présent sur la route de San Francisco, totalement hors d'atteinte.
« Je ne reverrai jamais ma maison, pensait-elle. Je vais rester ici à tout jamais. Je ne verrai plus mes amis, ma sœur... »

L'image des trois petites tombes revenait la hanter. Philomène avait-elle l'intention de la tuer bientôt, elle aussi ?

– Ne sois pas triste, chère Carine, dit Philomène. Tu sembles épuisée. Laisse-moi t'aider à porter ton seau.

« Pas étonnant qu'elle soit si contente, pensa Carine avec une pointe d'amertume. Elle sait que je vais rester ici pour toujours. »

Il y eut une surprise pour le dîner du dimanche : Mammy Johnson avait préparé un poulet rôti. Mais Carine n'avait guère le cœur à l'apprécier. Tout ce qu'elle voulait, c'était se retrouver seule, loin de Philomène et de sa grand-mère, ne serait-ce que pour quelques minutes. À la fin du repas, elle annonça qu'elle sortait pour vérifier qu'elle avait bien fermé la porte de la porcherie.

– Si tu veux, dit la vieille femme, mais ne tarde pas trop. Les bois sont dangereux à la nuit tombée.

– Oui, oui, répondit Carine d'une voix sourde.

Elle traversa la cour, contourna l'étable et s'enfonça dans la forêt, se dirigeant vers la petite clairière qu'elle avait découverte l'après-midi. En l'atteignant, elle réalisa qu'elle se trouvait à peu près à l'endroit qui serait le terrain de sport du collège, dans cent quarante ans. Une brise nocturne s'était levée, et les petits drapeaux claquaient dans le vent comme des ailes d'oiseaux pris au piège.

Carine contempla les trois tombes, et peu à peu le désespoir l'envahit.

Elle tomba à genoux et fondit en larmes.
– Oh, Marine, murmura-t-elle entre deux sanglots. Je ne te reverrai plus jamais !
Elle pleura toutes les larmes de son corps. Au bout d'un long moment, elle finit par retrouver son calme et essuya ses yeux rougis. Elle leva à nouveau la tête sur les trois tombes. Cette crise l'avait soulagée. Elle se sentait mieux, plus lucide.
« Philomène remporte la partie, et tu la laisses faire ? » se dit-elle avec reproche.
En refusant le combat, elle abandonnait tout espoir et subissait son destin.
Carine repensa à la hache dissimulée dans la chambre de Philomène. Avait-elle vraiment pu tuer les filles ? Carine en frissonna. Elle refusait d'y croire. Pourtant, Philomène entrait dans une rage folle chaque fois que Carine parlait de la quitter. Les autres filles avaient sans doute voulu s'enfuir, elles aussi. Peut-être que Philomène n'avait pas pu se contrôler ?
« Je dois agir, décida-t-elle. Il n'y a pas de temps à perdre ! »
Selon Mammy Johnson, M. Bendigo, l'acheteur du miroir, vivait de l'autre côté du ravin. Carine ne savait pas où c'était, mais qu'importe ! Elle allait le découvrir.
Elle se leva, plus déterminée que jamais. Elle savait maintenant ce qu'elle devait faire : trouver M. Bendigo et lui demander où était le miroir. Peut-être n'était-il pas encore parti ? Peut-être attendait-il dans

un entrepôt ? Quoi qu'il en soit, elle finirait bien par le retrouver, même si elle devait pour cela se rendre à pied à San Francisco !

Le soleil disparaissait derrière la crête du canyon et le ciel se parait de teintes mauves où brillaient les premières étoiles. Carine rebroussa chemin d'un pas décidé. À force de prendre des repères, elle savait que la ferme de Mammy Johnson occupait à peu près l'emplacement des étables de son collège. Ce qu'ils appelaient le ravin était sans doute ce lit de rivière asséché où allaient jouer les garçons de l'école. Il traversait les bois, en direction du canyon. Carine ne pouvait pas le manquer et la ferme de M. Bendigo devait être à proximité.

Oui, mais à quelle distance ? Arriverait-elle à temps ? Et surtout, parviendrait-elle à échapper aux griffes de Philomène ?

19

MARINE

La réunion du club d'histoire débutait à dix-huit heures trente au foyer. Marine aurait bien aimé y échapper, mais elle savait que c'était impossible.
Il s'était mis à pleuvoir et de violentes bourrasques secouaient les fenêtres de sa chambre.
« Dommage qu'ils n'aient pas prévu un pique-nique, songea-t-elle. Avec ce temps, tout aurait été annulé. »
Marine allait devoir se montrer très amicale avec cette chipie d'Angela et convaincre toute une assemblée qu'elle était bien la véritable Carine. Elle s'accorda plus de temps qu'à l'ordinaire pour se préparer. Après plusieurs essais de tenue, elle choisit finalement le pull vert à col roulé que sa sœur adorait porter. Elle lissa soigneusement ses cheveux. Elle s'examina d'un air critique devant le miroir.
« C'est parfait ! » se dit-elle.
Sans cesse, ses pensées allaient vers Carine. Que fai-

sait-elle en ce moment ? Était-elle prête pour le rendez-vous de ce soir ?
En attendant, mieux valait se concentrer sur l'instant présent. Marine inspira profondément, sortit de la chambre et dévala les marches qui menaient au foyer.
Un joyeux brouhaha l'accueillit avant même qu'elle pousse la porte de la salle. Tout le monde était déjà là et picorait dans les plats en écoutant de la musique.
Marine salua tous les amis de sa sœur en arborant un sourire de circonstance.
Elle était en train de se demander où pouvait bien être Angela quand une main la saisit à épaule.
– Bonjour, Carine, dit Angela avec un air soupçonneux. Tu es bien Carine, n'est-ce pas ?
– Bien sûr, répondit Marine en se forçant à rire.
– Je suis heureuse que tu te montres enfin, dit Angela, le sourire aux lèvres.
– C'est gentil, merci. On se voit tout à l'heure...
Marine réprima un soupir soulagé et se mêla à la fête. Bientôt, elle parvint à oublier un peu ses soucis et s'amusa avec ses camarades.
À dix-neuf heures trente, Marine se dit qu'elle avait réussi une fois encore à tromper Angela. Elle avait surtout pu l'éviter en discutant avec tous les autres membres du club.
« Encore une heure, pensa-t-elle avec conviction. Et plus jamais je n'aurai à faire ça. »
– Votre attention, s'il vous plaît ! lança soudain Mme Douglas depuis l'entrée du foyer. Je suis heureuse de voir que tout le monde profite de notre réunion. Nous

allons maintenant commencer notre concours d'histoire. Le prix pour le gagnant sera cette carte de la Vallée fantôme qui date du siècle dernier.

Elle déroula le document afin que tous puissent l'admirer. La vallée était pratiquement déserte à cette époque et Silverbell n'était qu'un gros bourg à l'extrémité du plan.

« Je me demande où Carine peut bien se trouver sur cette carte », songea Marine.

Elle commençait à paniquer un peu à l'idée de ce contrôle supplémentaire.

– M. Taylor et moi-même avons préparé les questions du concours, annonça Mme Douglas. Dorie inscrira les points.

Marine aurait aimé disparaître dans un trou de souris. L'histoire était la matière favorite de Carine, alors qu'elle-même, et tout le monde le savait, n'y accordait aucun intérêt.

– Pourquoi ne pas commencer par Carine ? poursuivit Mme Douglas, comme si elle lisait dans ses pensées.

Marine devint rouge de confusion. Mme Douglas était le professeur préféré de Carine, et elle ne devait en aucun cas éveiller les soupçons.

– Oh, je ne sais pas..., répondit-elle. Je ne suis pas très en forme. Peut-être quelqu'un d'autre veut prendre ma place ?

– Allons, Carine, reprit Mme Douglas. Pas de fausse modestie, tu es une de nos meilleures élèves.

– Bien, conclut Marine, dépitée. Allons-y.

Mme Douglas l'encouragea d'un large sourire et lut la première question :
– Qu'appelle-t-on la Charte du citoyen ?
« La quoi ? » pensa Marine, totalement paniquée. Mais elle se souvint d'avoir vu ce terme en révisant les cours de sa sœur. Elle fit le vide en elle, et soudain elle eut la réponse.
– Ce sont les dix amendements à la constitution des États-Unis.
– Bien, Carine, approuva Mme Douglas. Jimmy ? À toi de répondre maintenant.
Au fur et à mesure que le jeu avançait, les questions devenaient plus ardues. Marine ne connaissait pas toutes les réponses, mais à sa grande surprise, elle était toujours en course au bout d'une demi-heure. Quand tout cela allait-il finir ? Huit heures étaient passées de quelques minutes. Marine devait absolument regagner sa chambre. N'y tenant plus, elle se leva, bien décidée à prendre congé :
– Excusez-moi, mais je suis vraiment fatiguée. Je vais me retirer. Bonne soirée à tous. Salut, Angela.
– Tu ne peux vraiment pas rester encore quelques minutes ? demanda Mme Douglas. Tu as presque remporté la partie.
Marine se rappela à nouveau à quel point sa sœur appréciait son professeur d'histoire.
– Si vous voulez, dit-elle.
Dix minutes plus tard, les deux concurrents demeurant en course étaient « Carine » et Jimmy. Finalement, Marine était assez fière de ce résultat. La der-

nière question portait sur la guerre des colons américains contre les Français et les Indiens. Le point d'histoire était si précis que même la vraie Carine n'aurait sans doute pas pu trouver. Marine donna une mauvaise réponse et Jimmy fit de même. La partie se conclut par un *ex aequo,* et il fut décidé de remettre le prix en jeu à la réunion suivante.

– Je sais qu'il se fait tard, dit Mme Douglas après avoir félicité les deux finalistes. Mais nous devons encore choisir le thème de la prochaine assemblée.

– Oh, je suis désolée, dit Marine. Je dois absolument regagner ma chambre.

– Reste encore un peu, lui demanda Mme Douglas. Tu sais combien ta présence est importante pour le club.

Elle jeta un rapide coup d'œil à sa montre : vingt heures quinze.

– Bon, d'accord, fit-elle avant de rejoindre les autres.

Marine suivit le débat d'une oreille distraite. Il était question d'une promenade sur les sites historiques de la vallée, mais elle ne pouvait s'empêcher de compter les secondes.

À vingt heures vingt-cinq, Mme Douglas referma son livre.

– Voilà, conclut-elle. J'espère vous retrouver tous pour notre prochaine réunion.

Marine allait atteindre la sortie quand Mme Douglas l'interpella.

– Carine, s'il te plaît ?

Marine regarda sa montre : vingt heures vingt-six.

– Peux-tu me consacrer une minute ? demanda

le professeur. Je dois t'entretenir d'un sujet très important.
– Euh... Non, je..., bredouilla Carine.
– Ce ne sera pas long, c'est promis, dit Mme Douglas en la prenant par la main. Tu ne peux pas refuser.

20

CARINE

Ce soir-là, Carine attendit avec une impatience grandissante le moment où Mammy Johnson et Philomène iraient se coucher. Dès que la jeune fille fut enfin assoupie, Carine s'empara de la clé que Philomène conservait autour du cou et ouvrit la porte de la chambre. Mammy Johnson avait jeté son jean et son T-shirt dans le panier à chiffons près de la boîte à couture. Carine enfila rapidement ses vêtements et se glissa dehors, dans le silence de cette nuit sans lune. La seule lumière provenait des étoiles et, comme elle contemplait la muraille d'arbres noirs qui entourait la ferme, Carine sentit monter en elle une angoisse diffuse. Mammy Johnson l'avait prévenue que les bois étaient dangereux à la nuit tombée. Et au collège on prétendait que la forêt de la Vallée fantôme était hantée.

« Ne sois pas stupide ! se dit-elle avec conviction. Ce ne sont que des sapins. Tu t'es promenée en forêt des

milliers de fois. C'est le seul moyen de retrouver le miroir et de rentrer chez toi. »
Lorsqu'elle pénétra dans les sous-bois, l'obscurité se fit plus opaque. Elle y voyait à peine à deux mètres devant elle. Les bruits de la forêt l'enveloppaient comme dans un cocon. Elle percevait le grésillement des insectes, les mouvements furtifs des rongeurs et le chuintement des oiseaux de nuit qui se répondaient en écho. Elle avait lu qu'au siècle dernier les ours et les loups étaient fréquents dans cette forêt. À cette pensée, elle frissonna de tous ses membres.
« Concentre-toi sur la marche et avance, se dit-elle. Ce ne doit plus être loin. »
Tous ses sens en alerte, elle progressait à un rythme soutenu. Les animaux s'étaient tus et seul le crissement de ses chaussures sur le tapis d'aiguilles venait briser le silence.
Crac !
Carine sursauta en percevant ce bruit, non loin derrière elle. Était-ce le craquement d'un pas ? Un pas lourd et pesant. Elle s'arrêta, aux aguets, retenant son souffle. Elle n'entendit plus rien.
« C'est sûrement une pomme de pin qui est tombée », se dit-elle pour se donner du courage.
Elle repartit en marchant de plus en plus vite. Avançait-elle dans la bonne direction ? La ferme des Bendigo était derrière la ravine, mais où exactement ?
Crac ! Crac !
Elle se retourna d'un bond, scrutant les ténèbres. Quelqu'un la suivait. Prise de panique, Carine se mit

à courir, ignorant les branches qui lui fouettaient le visage.
Où était donc ce maudit ravin ? Avait-elle tourné en rond ? Soudain, le sol se déroba sous ses pieds et elle roula dans les fourrés tout en bas d'une pente abrupte. Elle s'immobilisa quelques instants plus tard, mais dut attendre de retrouver son calme avant de se relever. Elle faillit crier de soulagement. Elle venait d'atteindre le ravin et se trouvait dans le lit asséché du torrent qui traversait la forêt. La ferme de M. Bendigo devait être de l'autre côté !
Carine frotta son bras droit, meurtri par la chute. La douleur était supportable. Sans plus tarder, elle escalada l'autre versant pour s'enfoncer à nouveau dans les bois. Bientôt, elle déboucha dans une vaste clairière. À quelques mètres devant elle, la silhouette sombre des bâtiments se découpait à la lueur des étoiles.
« J'y suis arrivée ! pensa-t-elle. J'ai réussi ! »
Crac !
Non, elle ne rêvait pas ! Les craquements avaient repris, à un rythme régulier. Crac ! Crac ! Crac ! Quoi que ce fût, ça devait être gros.
« Un ours, pensa-t-elle, effrayée. »
Elle courut vers la ferme. Tous les volets étaient clos et aucune lumière ne filtrait. Que faire ? Frapper à la porte ? Appeler à l'aide ? Et si M. Bendigo refusait de lui ouvrir ? S'il ne l'entendait pas ?
Carine regarda par-dessus son épaule : une forme sombre avançait rapidement vers elle. La grange était

à quelques mètres, sa porte entrebâillée. Aussitôt, elle se faufila à l'intérieur et referma le battant derrière elle.

Sauvée. Elle était sauvée pour quelque temps, mais elle devait encore trouver le...

C'est alors qu'elle le vit. Le miroir était là, près d'une grosse caisse en bois. Jamais de toute sa vie elle n'avait rien contemplé d'aussi beau.

Elle se précipita vers lui, le cœur battant la chamade. La glace ressemblait à une mare d'encre dans la pénombre de la grange. Pourrait-elle obtenir les images de sa chambre ? Hissée sur la pointe des pieds, elle effleura d'une main tremblante les motifs de la nouvelle et de la pleine lune.

Au début, rien ne se produisit et elle les pressa à nouveau. Alors, les contours familiers de sa chambre émergèrent lentement des profondeurs du miroir. L'image gagnait en clarté ; Carine sentit qu'elle pourrait bientôt la toucher.

Où était donc Marine ?

Elle fit un pas en avant, la main tendue vers le miroir quand un grincement résonna dans son dos.

La lumière qui émanait du miroir éclairait à présent l'entrée de la grange. La porte s'ouvrit lentement et, se découpant sur le ciel noir, apparut une silhouette plus sombre encore. Et dans sa main se dressait une hache.

21

MARINE

Hors d'haleine, Marine traversa le hall du collège vers l'aile des bâtiments où se trouvait sa chambre. Les secondes défilaient. Elle devait faire vite. Elle arriva enfin en bas de l'escalier et gravit les marches quatre à quatre.
Elle s'était débarrassée de Mme Douglas d'une façon ferme mais courtoise en lui disant qu'elle la verrait lundi matin. Elle avait ensuite détalé du foyer sans laisser au professeur le temps de répondre.
Il ne lui restait plus guère que deux minutes pour atteindre le miroir. Que se passerait-il si elle arrivait en retard ? Combien de temps le passage entre les deux mondes allait-il rester ouvert ?
– J'arrive, Carine, murmurait-elle entre ses dents. J'arrive.
Marine ouvrit à la volée la porte de sa chambre et se précipita aussitôt sur le miroir.
« Nous y sommes ! Je tiens ma chance de ramener Carine. »

La surface miroitante ne reflétait que la chambre. Cédant à la panique, Marine vérifia sa montre : il était exactement vingt heures trente.
« C'est à cause des nuages, pensa-t-elle. Ils cachent la lune. »
Elle jeta un regard par la fenêtre vers le ciel sombre, parsemé d'étoiles.
Se retournant vers le miroir, elle vit alors les premières images qui apparaissaient. Mais à la place de la vieille cuisine, il y avait un vaste espace plongé dans l'obscurité. L'endroit était barré de grosses poutres d'où pendaient des cordes. Quel était ce lieu ? Où était passée la vieille cuisine ? Et surtout, où était Carine ?
Folle d'angoisse, elle manipula les gravures au sommet du cadre sans obtenir le moindre changement. Et si à la nouvelle lune le miroir s'ouvrait sur une tout autre époque ? Retrouverait-elle le contact avec Carine ?
Elle scrutait fiévreusement toutes les zones d'ombre quand elle repéra des mouvements furtifs. Sa sœur apparut l'instant d'après.
– Carine ! hurla-t-elle, au comble du soulagement.
Le visage de Carine s'illumina quand elle reconnut sa sœur. Mais Marine comprit aussitôt qu'il se passait quelque chose de grave : sa sœur était morte de peur.
– Ne t'inquiète pas, Carine, dit-elle sans se préoccuper de savoir si sa sœur pouvait l'entendre. Je vais te ramener chez nous maintenant.

D'un geste décidé, elle avança les bras vers sa jumelle. Comme ses doigts touchaient la surface de verre, elle ressentit de curieux picotements, comme de l'électricité, et ses mains traversèrent le miroir, plongeant dans l'autre monde.

Dans le reflet, Carine aussi tendit les bras. Leurs mains se touchèrent enfin et Marine assura sa prise. Lentement, elle se mit à tirer sa sœur de son côté du miroir.

Elle voyait sa jumelle qui se rapprochait lentement...

Soudain, Carine bascula sur le côté. Sous le choc, Marine partit en avant et elle sentit une force qui l'entraînait à son tour à l'intérieur du miroir.

22

CARINE ET MARINE

Carine reçut comme une décharge électrique quand ses doigts effleurèrent le miroir. La seconde d'après, elle tenait la main chaude de sa sœur.

Alors quelqu'un l'empoigna violemment par l'épaule.

Elle n'eut pas besoin de se retourner pour savoir que c'était Philomène. Carine se débattit avec rage et tenta en vain de plonger à l'intérieur du miroir.

Avec une force surhumaine, Philomène tirait Carine en arrière, entraînant ainsi les deux jumelles dans le passé.

Sans lâcher sa sœur une seule seconde, Carine tourna la tête vers Philomène. Celle-ci lui assena un coup sur le crâne. Le miroir et la grange se mirent à tourbillonner et tout devint noir.

– Non ! s'écria Marine. Laisse-nous partir !

Elle luttait pour arracher sa sœur au miroir. Elle résistait de toutes ses forces, mais malgré cela, elle se sentait happée par la surface de verre, tirée de l'autre côté. Le corps parcouru de frissons électriques, elle tanguait de part et d'autre du cadre de bois. Un pied dans son monde, un pied dans l'autre. Marine plissa les yeux pour s'accoutumer à la pénombre. Une odeur caractéristique de moisi flottait. Elle comprit que ce lieu sombre était une grange.

Carine tituba un court instant avant de s'écrouler, inerte, sur le sol.

– Carine ! hurla sa sœur. Carine !

Elle ne bougeait plus ; une vilaine marque rouge barrait son front.

Que s'était-il passé ? Marine faillit s'évanouir à son tour en croyant que sa sœur était morte. Non, ses doigts se resserrèrent sur les siens. Marine l'agrippa avec l'énergie du désespoir. Elle était déjà entraînée à mi-corps dans la grange.

« Je dois absolument garder le contact avec mon monde, pensa-t-elle. »

Elle enroula une jambe à la base du cadre et tira un coup sec pour soulever sa sœur.

– Tiens bon, Carine, je vais te ramener chez nous ! lança-t-elle à sa sœur inconsciente. Aide-moi si tu peux !

À son grand soulagement, Carine ouvrit à nouveau les yeux. Marine faisait de violents efforts pour hisser sa sœur, mais celle-ci était encore trop faible. Pire : son poids entraînait sa jumelle dans le monde du miroir.

– Aide-moi ! hurla encore Marine.

Mais à son air hébété elle comprit que Carine ne lui serait d'aucun secours.
Marine restait accrochée par la jambe au bord du miroir, mais soudain elle perdit l'équilibre et faillit lâcher prise. Une pensée traversa son esprit comme un éclair : « Non ! Je dois tenir pour nous deux. Il le faut ! »
Elle entrevit un mouvement derrière Carine, et avant même qu'elle comprenne ce qui se passait, sa sœur poussait un hurlement de terreur.
La fille aux cheveux roux, celle qu'elle avait vue dans la vieille cuisine, se dressait derrière Carine. Elle avait le teint livide et le regard fou.
« C'est elle ! C'est elle qui cherche à nous entraîner. Elle a assommé Carine pour m'empêcher de la récupérer. »
Elle vit alors avec horreur que la fille levait lentement les bras. Elle brandissait une lourde hache. Elle s'immobilisa un instant, l'arme au-dessus de sa tête, et tourna son regard vers Marine, puis sur Carine. Une grimace hideuse déforma ses traits tandis qu'elle murmurait : « Sœur... »

23

CARINE ET MARINE

Il y eut quelques secondes de silence total. Puis Marine se remit à hurler de plus belle. La fille aux cheveux rouges allait abattre sa hache.

– Nooon !

Avec une force qu'elle ne se connaissait pas, elle tira vivement Carine sur le côté.

La hache s'enfonça avec un bruit mat à quelques centimètres de Carine, ouvrant une profonde entaille dans la terre battue. Tandis que Marine s'efforçait de reprendre appui à la base du miroir, la fille arrachait la hache du sol avec un grognement. À nouveau, elle la brandit au-dessus de sa tête.

« Elle veut vraiment nous tuer, s'affola Marine. Elle va nous tailler en pièces ! »

– Carine ! Aide-moi, je t'en supplie ! Fais un effort !

Marine parvint à coincer son pied sous le miroir juste à l'instant où la fille allait frapper. Carine reprit conscience, les yeux écarquillés.

– Maintenant ! hurla Marine.

Avec une coordination de mouvements parfaite, elle tira de toutes ses forces tandis que Carine plongeait en avant.

Marine ressentit à nouveau les curieux picotements la parcourir au moment où elle retournait dans son monde du présent. Dans un ultime effort, elle se laissa tomber en arrière, entraînant Carine dans sa chute. Les jumelles s'affalèrent lourdement sur le plancher de leur chambre.

Dans la seconde qui suivit, un hurlement hideux envahit la pièce. Levant les yeux, Marine vit avec horreur la hache qui émergeait de la surface de verre. Comme dans un film au ralenti, la lame trancha le miroir de part en part et chaque moitié tomba au sol dans un fracas de verre pulvérisé.

Marine lâcha les poignets de sa sœur et les jumelles se blottirent l'une contre l'autre. Il ne restait plus du miroir que des fragments épars de bois et de verre. La fille à la hache avait disparu.

– Tu es sauvée, Carine, murmura-t-elle à sa sœur.

ÉPILOGUE

– Je suis si heureuse de vous avoir toutes les deux aujourd'hui, dit Tante Louise en posant un bol de mousse au chocolat au centre de la table. Je mourais d'envie de vous montrer mon appartement.

– Il est très joli, approuva Marine.

– Tu as vraiment de très beaux objets, renchérit Carine.

– Je suis désolée pour votre miroir !

– En effet, c'est très étrange, dit Marine. Il est tombé tout seul un soir.

– Cela arrive parfois avec les vieilles choses. Mais ne vous inquiétez pas, je vous en trouverai un autre.

Carine jeta un coup d'œil à sa sœur.

– Oh, tu sais, il ne nous servait pas beaucoup, dit-elle. Nous préférerions plutôt un tableau.

– Comme vous voulez, répondit Tante Louise. De toute manière, vous avez bien mérité un cadeau en récompense de vos bons résultats aux examens.

– Qui aurait pu penser que Marine aurait d'aussi

bonnes notes. N'est-ce pas fantastique ? dit Carine.
– J'ai appris à travailler, c'est tout, répondit Marine avec une moue amusée.
– Quoi qu'il en soit, je suis très fière de vous deux.
Elle se retourna comme on frappait à la porte.
– Ce doit être Angela, dit Carine. Nous lui avons proposé de nous rejoindre ici avant de reprendre le bus pour le collège.
– Fort bien, dit Tante Louise. Je vais enfin faire sa connaissance.
Elle alla ouvrir et proposa à Angela de partager leur dessert.
– Volontiers ! approuva Angela.
Elle salua les jumelles avec un petit rire étonné.
– Que se passe-t-il ? Vous vous habillez pareil, maintenant ?
– Je le leur ai demandé, répondit Tante Louise en distribuant les assiettes. Je voulais faire des photos pour les envoyer à leurs parents qui sont restés dans l'Est.
– Tu sais, Carine, si vous étiez habillées ainsi tous les jours, vous pourriez tromper beaucoup de monde au collège, dit Angela.
– Et pas toi ? demanda la jumelle.
Angela éclata de rire.
– Moi ? Tu plaisantes ! répondit-elle avec assurance. J'ai toujours su vous distinguer.
– Vraiment ?
– Bien sûr, Carine, dit-elle. Il y a quelque chose dans votre voix, et puis vos cheveux n'ont pas tout à fait la même couleur...

– Ah bon ? dit la jumelle avec un clin d'œil à sa sœur. Ce n'est donc pas la peine d'essayer, n'est-ce pas, Marine ?
Marine, qui n'avait pas encore pris la parole depuis l'arrivée d'Angela, pouffa de rire.
– C'est sûr ! Avec quelqu'un comme Angela, nous n'aurions pas la moindre chance !

FIN

VALLÉE FANTÔME

PASSION DE LIRE

PRISONNIÈRE DU PASSÉ

LE SECRET DU PENDU

DANS LA TOMBE DE LA MOMIE

NUIT NOIRE
(à paraître en avril 1997)

LE CRI DU CHAT
(à paraître en juillet 1997)

LE MALÉFICE
(à paraître en octobre 1997)

Impression réalisée sur CAMERON
par BRODARD ET TAUPIN
La Flèche
en avril 1997

Imprimé en France
Dépôt légal : Février 1997
N° d'Éditeur : 2896 – N° d'impression : 6810R-5